Ivana Jeissing

Felsenbrüter

Roman

Diogenes

Umschlagillustration:
Ramón Lombarte: ›Dos piernas‹, 1992 (Ausschnitt)

www.diogenes.ch
60/09/8/1
ISBN 978 3 257 06687 6

1

Wie verabredet wartet Maud in Guernsey am Ableger des St. Peter Port Terminal Building, und während ich ihr sperriges Gepäck an Bord schleppe, frage ich mich, warum sie vier Koffer benötigt, um eine Woche auf einer Insel zu verbringen, die übersetzt »Stille« heißt und so klein ist, dass Asphalt ein Fremdwort ist, weil alle Wege aus plattgetretener Erde bestehen. Ich reise mit Handgepäck und will nur schlafen. Nichts als schlafen.

»Du musst verreisen, um wieder zu dir zu finden«, hatte Maud gesagt, als ich in einem langen Telefongespräch erzählt hatte, dass Tom von einem Tag auf den anderen ausgezogen war. Und ich mich ziemlich verloren fühlte.

»Warum kommst du nicht mit, nach Sark?«, schlug sie vor.

»Sark?«, wiederholte ich und dachte an Sarg, Sarkasmus, Sarkom und Sarkophag. Ich hatte noch nie zuvor etwas von dieser winzigen Kanalinsel gehört, auf der es keine Straßenbeleuchtung gab, weil nur ein einziger Dieselgenerator für Strom sorgte.

»Ich weiß nicht, ob eine so unbeleuchtete Insel der richtige Ort für meine postmatrimoniale Depression ist«, zögerte ich. Maud versuchte meine Zweifel zu zerstreuen:

»Sark ist der ideale Platz, um einen Blick in die Vergangenheit zu werfen. Elektrisches Licht würde dabei nur stören.«

»Ich will aber nicht in die Vergangenheit, sondern in die Zukunft blicken.«

»Vergiss es«, sagte Maud und schwärmte so euphorisch von Sark, dass ich schließlich neugierig wurde und beschloss, sie zu begleiten. Mit ihrem Teleskop, das an einen auf ein drehbares Stativ montierten Warmwasserboiler erinnerte, wollte Maud von der Insel aus den Nachthimmel erkunden, so wie sie es seit beinahe vierzig Jahren tat, um sich riesige Sternenfelder einzuprägen. Auf der Suche nach einer Supernova vergingen manchmal Monate und Jahre, doch das war ein verschwindend geringer Zeitraum im Vergleich zu den Jahrmillionen, die das Licht dieser sterbenden Sterne durch den Weltraum wanderte, bevor es für nur wenige Wochen eine Stelle auf der dicht beleuchteten Sternenkuppel besetzte, auf der zuvor nichts zu sehen war. Diese Lichtpunkte suchte Maud.

»Das Licht der Sterne und deine Ehe mit Tom – alles Vergangenheit«, verabschiedete sich Maud bestens gelaunt, und ich machte mich auf den Weg, um einen dreipoligen Adapter mit Flachstecker und eine Taschenlampe zu besorgen.

Eigentlich fühlte ich mich zu schwach für Mauds Humor. Aber sie würde mich auf andere Gedanken bringen. Phrasen wie »Es tut mir ja so leid« oder »Ich kann mir gut vorstellen, wie du dich jetzt fühlst« gehören nicht zu ihrem Vokabular. Sie beschäftigt sich erst gar nicht damit, wie es einem anderen Menschen gehen könnte, weil es physikalisch unmöglich ist, wie ein anderer zu denken.

Entsprechend wenig Gedanken hat sie sich auch um mich

gemacht, als sie ihre Koffer packte, und so schleppe ich, abgesehen von den üblichen Dingen, die man auf einer Reise benötigt, Zeitschriften über sterbende Sterne und schwarze Löcher, ihr Teleskop, einige Messgeräte und vor allem Bücher auf die Fähre.

Marie Undine Daphne, kurz Maud genannt, ist die Schwester meines Großvaters und verließ mit zwanzig Jahren ihr Elternhaus in Berlin-Kladow, in dem ihr Bruder zeit seines Lebens wohnen würde, um am anderen Ende der Welt auf einen Felsen mit dem Namen Ayers Rock zu klettern. Unglücklicherweise hatte sie ihre Kondition über- und den australischen Sommer unterschätzt. Hinzu kam, dass das Wetter unerwartet schnell umschlug, und so wurde Tante Maud nach nur wenigen Höhenmetern bei Windgeschwindigkeiten von über fünfundzwanzig Knoten einfach vom Felsen gefegt und landete ziemlich unvorteilhaft auf dem Bauch, mit eingedrehter Schulter und verrutschter Frisur, vor einer einheimischen Reisegruppe.

Tante Maud wollte danach nie wieder auf dem Ayers Rock stehen, dafür stand sie, wenige Monate nach ihrer Abreise, auf der Kommode im Schlafzimmer meiner Großeltern in Kladow. In Wurzelholz gerahmt. Mit australischem Ehemann. Vor einer Rinderherde.

Die Ehe mit Rex Foster blieb kinderlos und wurde in beidseitigem Einvernehmen geschieden. Foster ging nach Neuseeland, um dort als Farmer neu anzufangen, und Maud versuchte sich eine Zeitlang in Sydney mit Deutschunterricht über Wasser zu halten. Doch dann veränderten zwei unmittelbar aufeinanderfolgende Ereignisse ihr Leben. Sie gewann in einer Lotterie eine kleine Summe Geld, mit der sie zwar bescheiden, aber immerhin bis ans Ende ihrer Tage auskommen würde. Und sie las in einer der Berliner Tageszeitungen, die Großvater in regelmäßigen Abständen zu einem Paket gebündelt nach Australien schickte, einen Artikel über Albert Einstein. Tante Maud hatte sich bis zu jenem Tag keine Gedanken darüber gemacht, dass sie von dem einzigen Planeten, auf dem sie jemals leben würde, keine blasse Ahnung hatte und ihr Leben nach physikalischen Gesetzen funktionierte, deren Eigenschaften sie nicht verstand. Der Artikel faszinierte Maud derart, dass sie ihre Leidenschaft für das Universum entdeckte und beschloss, nach Berlin zurückzukehren, um an der Humboldt Universität Physik und Mathematik zu studieren.

Sie verehrte Albert Einstein so sehr, dass sie, wenn schon nicht an seiner Seite, dann wenigstens in seiner Nähe sein wollte. Oder besser gesagt: in der Nähe seiner Vergangenheit, denn Einstein war zu diesem Zeitpunkt längst tot. Aber das nahe gelegene Caputh, wo er bis 1932 gewohnt hatte, ließ sie denken, sie hätten etwas gemeinsam. Und wenn es nur die dunkle Havel war. Oder die Möglichkeit, dass Einstein an einem sonnigen Tag an Kladow vorbeigesegelt war. Was er vermutlich nie getan hat. Aber hätte können.

So kam es, dass Maud am 20. Juli 1969 in das Garagenhaus in Kladow einzog. Dass ausgerechnet an diesem Tag auch die Mondfähre der Apollo 11 im »Meer der Stille« landete, war reiner Zufall, und ich habe es dem psychedelisch gestressten und von halluzinogenen Drogen verwirrten Realitätssinn meines Vaters, Leon Alexander David, zu verdanken, dass ich viele Jahre zwischen Neil Armstrongs erstem Schritt auf dem Mond und Tante Mauds erstem Schritt in das Haus meiner Großeltern einen Zusammenhang vermutete.

Damals studierten meine Eltern im letzten Semester Psychologie und Biologie und wohnten mit mir, drei Jahre alt, in einem Raum unter dem Dach, der, soweit auf Kinderfotos erkennbar, aus nur einer einzigen riesigen Matratze bestand. Zum Ärgernis meiner Großeltern wollten sie keine eigene Wohnung mieten, sondern die Welt verbessern. Ihr Leben bestand zu einem großen Teil aus Diskussionen. Demonstrationen. Und Halluzinationen. Und in jedem zweiten Satz verwendeten sie die Worte Subkultur und Gegenkultur. Mein Vater schwärmte in dieser Zeit für die Poesie der Verwandlung und trat auf Partys gerne als Magier auf. Meine Mutter Leonie, kurz Leo genannt, weigerte sich allerdings, ihn als Assistentin zu begleiten. Es kam für sie nicht in Frage, eine lächelnde Komplizin beim Herstellen einer Illusion zu sein, wenn der Preis die Illusion des Weiblichen an sich war.

»Solange im Zirkus ausschließlich Frauen in die Mondrakete geschoben werden, während nur Männer zum Mond fliegen, ist mein Widerstand nicht zu Ende«, sagte sie und wetterte gegen die vielfachen Variationen zersägter Jungfrauen. Für meinen Vater blieben die Auftritte als Magier jedoch eine hochpolitische Angelegenheit und ein klares Statement gegen das Establishment, das epochal unterbelichtet mit Abrakadabra nichts am Hut hatte.

Wirklich lächerlich in diesem Zusammenhang war, dass ausgerechnet meine Familie das epochalste Ereignis des Jahrhunderts verschlief, weil meine Eltern im abgelegenen

Teil des Gartens mit einer kleinen Pilzkolonie experimentierten und versehentlich ein paar von diesen Pilzen in Großmutters Ragout gelandet waren.

Mein Vater, der besonders viel davon gegessen hatte, saß noch am nächsten Tag ziemlich verwirrt mit unserem Rauhhaardackel Sepp und seinem Zauberkasten auf dem Fußboden und übte Illusionen. Murmelte unverständliche Formeln. Und fuhr mit seinen Händen durch die Luft, als ob er zu Led Zeppelins »Whole Lotta Love« tanzen würde. Um es kurz und schmerzlos zu machen: Wenige Stunden nachdem Neil Armstrong auf dem Mond spazieren gegangen war, hat mein Vater unseren Rauhhaardackel, keine Ahnung, wie, in Luft aufgelöst. Sepp war nach dem Kommando: »Hopp!« nicht wie geplant aus dem doppelten Boden des Zauberkastens gesprungen, sondern war verschwunden.

Mein Vater verschwand daraufhin auch. Nach Charlottenburg. Um das Geld für den Zauberkasten und unseren Dackel zurückzuverlangen. Der Verkäufer verwies auf die allgemeinen Geschäftsbedingungen, zeigte auf den kleingedruckten Text des Garantiescheins und schlug vor, das Tierheim anzurufen. Seitdem ist der Zauberkasten eine Schuhputzkiste und Sepp ein wunder Punkt in unserer Familienchronik.

Auch die bunten »I love Australia«-T-Shirts und die Didgeridoos, die Maud mitgebracht hatte, konnten nicht über Sepps Verschwinden hinwegtrösten.

Um uns auf andere Gedanken zu bringen, spielte Maud zur Begrüßung auf dem seltsamen Instrument, das wie das Alphorn zur Instrumentengruppe der Aerophone gehört, einen tiefen anhaltenden Ton, worauf sich unsere Wiedersehensfreude in eine Art ratlose Entspannung wandelte und schließlich in einer Diskussion endete, weil Großmutter ein Problem damit hatte, dass der Stamm ihres Didgeridoos von kleinen fleißigen Termiten ausgehöhlt worden war.

Meine Mutter kaute währenddessen verträumt auf dem Mundstück aus Bienenwachs, das *Sugarbag* heißt. Erinnerte, als die Diskussion zu eskalieren drohte, an die Hauptthemen in der Literatur über staatenbildende Insekten. Und bedauerte, dass diese inspirierten ganzheitlichen Ideen in der Biologie häufig durch reduktionistische experimentelle Ansätze verdrängt wurden. Sie war der Meinung, dass die wichtige Arbeit der Termiten nicht boykottiert werden durfte, und beschloss sofort, ihre Atmung umzustellen und einen Didgeridoo-Workshop in Kreuzberg zu initiieren. Dass es in Australien ausschließlich den Männern eines Stammes vorbehalten war, dieses Instrument zu spielen, ignorierte sie und bat Maud, ein australisches Lied zu singen. Sie wollte mit ihrem Didgeridoo dazu spielen.

»Once a jolly swagman camped by a billabong under the shade of a coolibah tree, and he sang as he watched and waited 'til his billy boiled: »Who'll come a-Waltzing Matilda, with me?«

Along came a jumbuck to drink at the billabong. Up jumped the swagman and grabbed him with glee. And he sang as he stowed that jumbuck in his tucker bag: »You'll come a-Waltzing Matilda, with me. Waltzing Matilda, Waltzing Matilda. Who'll come a-Waltzing Matilda, with me?« And he sang as he stowed that jumbuck in his tucker bag: »You'll come a-Waltzing Matilda, with me?«

Up rode the squatter, mounted on his thoroughbred, down came the troopers, one, two, three: »Whose is that jumbuck you've got in your tucker bag? You'll come a-Waltzing Matilda, with me. Waltzing Matilda, Waltzing Matilda. Who'll come a-Waltzing Matilda, with me? Whose is that jumbuck you've got in your tucker bag? You'll come a-Waltzing Matilda, with me?«

Up jumped the swagman, leapt into the billabong: »You'll never catch me alive«, said he. And his ghost may be heard as you pass by the billabong: »Who'll come a-Waltzing Matilda, with me? Waltzing Matilda, Waltzing Matilda. Who'll come a-Waltzing Matilda, with me?« And his ghost may be heard as you pass by the billabong: »Who'll come a-Waltzing Matilda, with me?

Als Mutter endlich ein kraftloses »Pfffth« auf dem Didgeridoo gelungen war, fragte Tante Maud, ob wir den Text trotz ihres starken australischen Akzents verstehen würden.

»Es ging um etwas Magisches... ein Road Movie... ein magisches Road Movie«, vermutete mein Vater, und meine Mutter nahm an, dass Swagman ein guter Geist war. Matilda seine Muse. Billy das Kind ihrer Liebe. Squatter der Hund. Billabong ein Rauchinstrument. Und Truckabag das Auto, mit dem Swagman, Matilda, Squatter und Billy durch Australien fuhren.

Tante Maud erklärte, dass Swagman ein Landstreicher, Matilda der Name für sein Bündel, Billy ein Teekessel, Squatter ein Schafzüchter, Billabong ein Wasserloch und Tuckerbag eine Proviantkiste ist und dass Australier meilenweit fahren, um mit ihrem Billy ein Billabong zu finden.

Nach dem Abendessen zeigte Maud Fotos von ihrem australischen Leben und erinnerte uns immer wieder daran, wie wichtig Armstrongs kleiner Schritt für uns alle war. Mein Vater wollte aber keinen unmittelbaren Zusammenhang zwischen sich und Armstrongs Schrittlänge herstellen und machte sich allergrößte Vorwürfe, denn er befürchtete, dass Sepps Verschwinden für die homogene Struktur unseres Familienverbandes katastrophale Folgen haben würde. Sosehr Maud sich auch bemühte, Sepp wurde immer wieder Gesprächsthema Nummer eins.

Spätabends saß mein Vater noch lange am Lagerfeuer im Garten. Trank australisches Bier. Und holte meine Mutter kurz nach Mitternacht aus dem Bett, weil er behauptete, ein vom Mond beleuchtetes unbekanntes Flugobjekt, klein, haarig und mit hängenden Tragflügeln, über dem Wannsee entdeckt zu haben.

»Willst du mir sagen, dass du Sepp gefunden hast?«, fragte meine Mutter verschlafen und sah in den klaren Nachthimmel. Das wollte mein Vater aber dann doch nicht bestätigen. Alles, was er sagen konnte, war, dass das Flugobjekt es ziemlich eilig hatte.

In der hitzigen Diskussion, die meine Eltern daraufhin bis in die Morgenstunden führten, ging es um »die Ideologie des Verschwindens und Findens« und die Frage, ob Drogen und die daraus resultierende Wahrnehmung des Unmöglichen die Gravitation beeinflussen können. Ein politischer Hintergrund wurde nach eingehenden Überlegungen ausgeschlossen, obwohl man bei einem Dackel durchaus darüber nachdenken könnte.

Der Didgeridoo-Workshop, den meine Mutter wenige

Wochen später veranstaltete, war in wenigen Tagen ausgebucht. Leider blieb es bei nur einer Veranstaltung, denn das Treffen der Berliner Aborigines endete mit einem Fiasko, weil die Teilnehmer in Trance übereinander herfielen und die Didgeridoos von der Polizei als »mögliche Manipulationsmaterialien« konfisziert wurden. Mein Vater mied seit Sepps Verschwinden Drogen, Workshops und Partys und ging stattdessen regelmäßig in die Kirche, um lange Zwiegespräche mit dem heiligen Franz von Assisi zu führen. Verlieren und finden ist ein im Evangelium häufig vorkommendes Thema. Meine Großeltern rodeten die Pilzkolonie. Tante Maud zog in das Garagenhaus ein. Und meine Eltern zogen nach München, wo mein Vater eine Assistentenstelle an der Universität angenommen hatte und meine Mutter drei Tage in der Woche als Psychiaterin in einem Krankenhaus arbeitete. Als ich vier wurde, kam Karlchen zur Welt, und es sollten viele Jahre vergehen, bevor ich das Haus meiner Großeltern und Maud wiedersehen würde.

2

Nachdem ich unser Gepäck unter Deck verstaut habe, dauert es eine ganze Weile, bis ich Maud an der Reling entdecke. In ihrem weißen Trenchcoat, den sie wie immer fest in der Taille geschnürt hat, sieht ihre zarte Silhouette aus wie die einer jungen Frau. Ihr vertrautes Kopftuch hat sie nicht unter dem Kinn, sondern im Nacken gebunden, und es ist, als ob ich in die Vergangenheit blicke, als ich 1978 wieder in das Haus meiner Großeltern gekommen war, um an diesem seltsamen Ort der Entschleunigung ein Jahr zu verbringen, das mein Leben verändern würde.

Zuvor war ich vierzehn Tage an der Adriatischen Küste gewesen. Eine Art Abschiedsgeschenk, weil meine Eltern für dreihunderfünfundsechzig Tage in die Schweiz zogen, wo mein Vater an der Universität in Zürich eine Professur als Psychologe und Humorforscher angenommen hatte. Er wollte das Lachen unter die Lupe nehmen und sollte in dem Forschungsprojekt herausfinden, warum das einfache »Haha« seit Millionen Jahren unverändert existierte und keiner Mode zum Opfer fiel. Die ganze Welt lacht »haha«. Trotz der vielen unterschiedlichen Sprachen. Haha – ein Witz, ein Wunder.

Meinen Vater – ein, wie ich finde, humorloser Mensch, der seine psychedelisch-halluzinogene Phase relativ unbeschadet überstanden hatte – interessierte, was während des Lachens im Gehirn abläuft. Er sehnte sich danach, das Lachen zu verstehen, und wollte erforschen, was Menschen erheitert. Inwieweit Geschlecht und Status das Lachen beeinflussen. Warum Menschen sich vor Gelächter krümmen oder nur leise hinter vorgehaltener Hand kichern. Weshalb Menschen beim Lachen keinen Schmerz empfinden. Und wieso dieses Reflexmuster in unserem Gehirn bewirkt, dass Menschen im Moment des Lachens eine geringere Kontrolle über ihre Gliedmaßen haben. Was wiederum dazu führt, dass der Mensch, um die Kontrolle nicht zu verlieren, das kontrollierte und künstliche Lachen erfunden hat. Um dieses besser zu verstehen, musste mein Vater auch an Fotomodellen und Stewardessen forschen, weil die das typisch unechte Lachen besonders perfekt beherrschen, was meine Mutter wiederum dazu brachte, ihren Ehemann nach Zürich zu begleiten, weil sie das gar nicht komisch fand.

Damals besuchte ich das zweite Gymnasium, und weil ein Schulwechsel in die Schweiz nicht in Frage kam und Karlchen erst vier Jahre alt war, wurde ich kurzerhand bei meinen Großeltern zwischengelagert.

Ich werde nie vergessen, wie ich am letzten Tag dieser Reise mit meiner Mutter Hand in Hand in einer kleinen Bucht in der Nähe Triests im knietiefen Wasser stand und wir so taten, als ob mein Vater, der mit seiner Super-8-Millimeter-Kamera vor uns im Sand lag, nicht da wäre. Obwohl er meine Mutter andauernd ermahnte, die Hand nicht so ungeschickt über die Augen zu halten, weil diese einen unvorteilhaften Schatten auf ihr Gesicht warf. Die beiden verstrickten sich in eine heftige Diskussion, ob ein Schatten

Ausdruck von Lebendigkeit oder einfach nur störend sei, als ich mit dem ausgestreckten Arm auf das Wasser zeigte, wo eine rote Badekappe keine einhundert Meter von uns entfernt nach mehreren heftigen Auf-und-ab-Bewegungen und einem Mark und Bein durchdringenden Schrei im Meer verschwand.

»... das war ein Hai. Ein Hai. Leon, hast du das gesehen! Das war ein Hai...«, stammelte meine Mutter, worauf mein Vater eine Hundertachtzig-Grad-Rolle um die eigene Achse machte und eine in der Nachmittagssonne glitzernde spiegelglatte Wasseroberfläche filmte.

Meine Mutter packte so schnell sie konnte ihren geblümten Frotteebeutel, und während sie mich an der Hand über den heißen Sand zog, zischte sie wütend: »Das ist es. Genau das regt mich so auf. Wir sehen nie das Ganze!... Wir sehen immer nur einen kleinen Ausschnitt. Einen winzig kleinen Teil...« Mein Vater bat meine Mutter, sich zu beruhigen, und verwies auf die Möglichkeit eines Schocks, worauf ich anfing wie am Spieß zu schreien, weil der heiße Sandboden unter meinen Fußsohlen brannte und ich es hasste, wenn meine Mutter mich durch die Gegend zerrte.

Am nächsten Tag erfuhren wir, dass eine australische Touristin von einem großen Hai gefressen worden war. Sie hatte gedacht, das Mittelmeer sei ungefährlich. Die Polizei betonte, dass sich nur sehr selten so große Haie im Kielwasser der Kreuzfahrtschiffe, die ihre Abfälle ins Meer entsorgten, in die Bucht Triests verirrten. Suchte nach dem Hai. Und eventuellen Resten der Touristin. Und die Tourismusbehörde wies darauf hin, dass das Adriatische Meer nach wie vor harmlos und familienfreundlich sei.

Lebensräume von Haien, Krokodilen, Löwen, Tigern, Piranhas und Riesenboas sind seitdem Tabuzonen für mich und Tauchgänge in ozeanische Tiefen genauso unvorstellbar wie Dschungelmärsche, Safaris oder Wildwasserkanufahrten.

Mein letztes Wort soll kein in die Länge gezogenes »Aaaahhhh!!« sein, bevor ich von messerscharfen Zähnen zermahlen und von Magensäften aufgelöst durch einen Darm gepresst als Fischfutter oder auf trockenem Steppengras lande. Das entspricht ganz und gar nicht meiner Vorstellung von einem passablen Ende. Ich habe vor, diesen Planeten unverdaut und in einem Stück zu verlassen, wobei die Inszenierung meines Begräbnisses eine wesentliche Rolle spielt.

Eine Zeitlang plante ich, meinen leblosen Körper bei einem Druck von 50 000 bis 60 000 Bar und einer Temperatur von 1800 bis 2000 Kelvin zu Kohlenstoff zu kristallisieren, um ihn anschließend in eine Diamantstruktur umwandeln zu lassen. Mit einem Laser wäre sogar eine Abschiedsbotschaft in Mikrobeschriftung in meinen brillant verdichteten Überrest möglich gewesen.

Aber weil die Feuerbestattungsgeneralprobe ziemlich kompliziert und nur durch sehr teure und aufwendige Spezialeffekte möglich gewesen wäre und ich mich einfach nicht damit abfinden mochte, früher oder später auf dem Schwarzmarkt gegen Bargeld eingetauscht zu werden, bat ich meine Familie und Freunde kurz vor Vollendung meines achtzehnten Lebensjahres in angemessener Kleidung zu einer traditionellen Erdbestattungsgeneralprobe.

Mein Großvater war der Einzige, der meine Einladung nicht ignorierte, und erst die Drohung, diejenigen, die bei der Generalprobe nicht anwesend sein würden, auch nicht zur Premiere einzuladen, zeigte Wirkung. So versammelte sich an einem Samstagnachmittag im Mai 1984 – bis auf meine Eltern, die gerade eine Entgiftungskur im Allgäu machten – eine kleine Trauergesellschaft in spe im Garten meiner Großeltern, wo ich mit einem Schild auf dem Bauch, auf dem »Bitte nicht mit der Toten sprechen« stand, festlich aufgebahrt in meinem beeindruckenden Sarg aus schwäbischem Kirschholz lag.

Das Ausstellungsstück, das bis auf eine kleine Schramme auf dem Deckel, wo ohnehin das Blumenbouquet liegen würde, in tadellosem Zustand war, hatte ich zum halben Preis erstanden, und nachdem ich die ursprünglich champagnerfarbene Innenausstattung durch ein psychedelisches Spiralenmuster, das die unergründlichen Tiefen des Universums symbolisieren sollte, ersetzt hatte, sah ich mit meinem perfekt dazu passenden orange-gelben Kleid und den unzähligen kleinen gelben Blüten, die ich in mein Haar gesteckt hatte, wirklich entzückend aus.

Weil kein Priester eine Probebeerdigungsmesse halten wollte, engagierte ich Jean Müller, einen Schauspielschüler im letzten Semester, mit dem ich an zwei aufeinanderfolgenden Wochenenden meine Grabesrede Wort für Wort einstudierte. Jean war ein Künstlername zu Ehren Jean Gabins. Müllers großes Vorbild. Das Talent und die Allüren hatte er allerdings von Jean Harlow, und es dauerte eine ganze Weile, bis ich ihn überzeugen konnte, die Messe so zu halten, dass es am Ende keinen tobenden Applaus geben würde.

»Stellen Sie sich vor, Sie sterben und Ihre Trauergäste applaudieren?«, habe ich zu ihm gesagt.

»Warum nicht?«, hat er geantwortet und auf den positiven Energieschub, den so ein Applaus auslösen könne, hingewiesen. Ich erweiterte daraufhin seinen Vertrag um eine Klausel, die vorsah, dass bei Applaus das Honorar um fünfzig Prozent gekürzt würde. Das zeigte Wirkung.

Allerdings hatte ich den Eindruck, als ich schneeweiß geschminkt, die Lippen blass, in meinem Sarg lag und zuhörte, wie Jean Müller mein Leben Revue passieren ließ, dass er sich etwas mehr anstrengen könnte.

»Stopp! So geht das nicht!«, rief ich und hob meinen Kopf aus dem Sarg.

Zu meiner Linken biss sich Jean Müller verlegen auf die schmale Unterlippe, und während ein Raunen durch meine kleine Trauergemeinschaft ging, die unter blühenden Kirschbäumen auf Gartenstühlen und Bänken saß, flüsterte Großmutter Amalie, die zuweilen wetterbedingt unter einem extremen Kurzzeitgedächtnis litt:

»Oh, eine Auferstehung...!«, bevor sie seitwärts von ihrem Stuhl kippte. Direkt in den Schoß von Herrn Röggenmeier, der vor Schreck in eine Art Starre fiel, die meinem Erscheinen endgültig etwas Gespenstisches verlieh.

Während Großmutter erst in die stabile Seitenlage gebracht und anschließend mit hochgelegten Beinen und leichten Schlägen auf beide Wangen wiederhergestellt wurde, nutzte ich die kurze Pause, um mit Müller hinter dem schwarzen Vorhang, der hinter meinem Sarg aufgespannt hing, ein ernstes Wort zu reden.

»Müller, so geht das nicht! Nur weil Sie keinen Applaus bekommen, lasse ich mir von Ihnen nicht mein ganzes Leben kaputtmachen«, sagte ich wütend und lief aufgebracht hin und her, so dass zahlreiche Blümchen aus meinen Haaren purzelten. »Mehr Begeisterung bitte! Meine Kindheit war zwar seltsam, aber glücklich, und dass ich kinderlos und unverheiratet versterbe, ist mein und nicht Ihr Problem. Also! Mehr Optimismus!« Dann warf ich einen kurzen Blick auf meine Großmutter, die wieder auf ihrem Stuhl saß, und verschwand in meinem Sarg.

Müller hat sich nach meiner Kritik wirklich mehr Mühe gegeben, und als er meine zahlreichen positiven Eigenschaften anhand kleiner Anekdoten ins rechte Licht rückte, hörte ich leises Schluchzen und war bereit, wenig später ins Grab zu sinken.

Die Generalprobe war nicht nur für mich, sondern auch für Müller, der noch im Priestergewand mit mehreren Anwesenden Termine koordinierte und seine Gage verhandelte, ein Erfolg.

Auf die Idee einer Probebeerdigung hatte mich Großvater gebracht, als er von einem Museum in Wien schwärmte, in dem es die unterschiedlichsten Begräbnisarten und Sargvarianten zu sehen gab. Großvater favorisierte die günstige, weil platzsparende Senkrechtbestattung für große Familien mit kleinem Grab. Aber eigentlich war sein Traum von einem würdevollen Abschied in Augenhöhe die aufwendige Bestattung in einem kostspieligen Sitzsarg. Ich war ganz hingerissen von der pneumatischen Leichenrohrpost, mit der ich unterirdisch ins Grab fahren konnte. Was für ein Abgang!

Auf der langen und verregneten Autofahrt von Triest nach Berlin diskutierten meine Eltern angeregt darüber, ob Margaret Thatcher mit ihrer konservativen Partei gut oder schlecht für Großbritannien sein würde und ob Massendemonstrationen gegen das Atommüll-Endlager im niedersächsischen Gorleben auch von Zürich aus planbar wären, während mir das Bild der zappelnden roten Bademütze nicht aus dem Kopf ging. Es waren nicht die Schreie, die ich mit diesem Bild verband und die mich schaudern ließen, sondern die Stille, die über dem Wasser lag, als der rote Punkt verschwunden war. Meine Mutter erfand zu meiner Ablenkung eine Variante der Stillen Post. Während einer von uns schwieg, mussten die anderen erraten, um welche Art der Stille es sich handelte. So lernte ich Stille von Stille zu unterscheiden und wollte in Zukunft besser darauf achten, wie sich Gesichter veränderten, wenn Menschen nach Worten suchten und verlegen in ihren Gedanken wühlten, während im Zustand qualvoller Sprachlosigkeit die Nerven versagten. Eine fein vibrierende Oberlippe. Ein kleines Zucken der Nasenspitze. Ein hastiger Griff ans Kinn. Ein leeres Lächeln.

Wenige Kilometer vor dem Ziel sagte meine Mutter, dass die gefährlichste Stille die ist, die in uns wohnt. Wenn diese Stille das erwartete Maß überstieg, konnte sie großes Unglück anrichten. Und Vater erzählte von Frau Pfister und ihrem Mann Theodor.

Wie jedes Jahr hatte Großmutter sie zum Adventstee eingeladen, und nachdem sie Großmutters Rosinenkuchen und den Eisenkrauttee aus Großvaters Kräutergarten getrunken hatten, lobten sie beides überschwenglich. Doch dieses Mal blieb Großmutters erlösendes »Ach, das ist doch nichts Besonderes …« aus, weil sie eingeschlafen war. Verlegen setzten Pfisters ihre Lobhudelei fort. Lobten die Tischdekoration und den Weihnachtsschmuck, der überall im Haus für feierliche Stimmung sorgte. Lobten die dicke Fußmatte vor der Haustür. Den Farbanstrich des Hauses. Den Blick in den Garten. Und sogar den schiefen Gartenzaun. Doch Großvater dachte nicht daran, auf derartige Schmeicheleien zu reagieren. Er sah stumm aus dem Fenster und schwieg, worauf die Stille so übermächtig wurde, dass der arme Herr Pfister Herzrasen bekam und mit verdrehten Augen »Sag doch einer was!« stöhnte, bevor er in sich zusammensank.

Mein Vater erzählte die eigentlich traurige Geschichte wie einen Witz, und nachdem wir länger als notwendig gelacht hatten, strich meine Mutter mit ihrem Zeigefinger nervös über meinen Handrücken und sagte:

»Jetzt sind wir gleich da.« Und ich lachte, als unser Volvo auf dem schmalen Kiesweg neben einem riesigen Fliederbusch, der den Blick auf den Wannsee versperrte, anhielt, als ob auch sie einen Witz erzählt hätte.

Gustav August und seine Frau Amalie warteten bereits wie geschnitzt auf dem Treppenabsatz vor ihrem Häuschen. Großmutter winkte mit ihrem rot-weiß-karierten Taschentuch. Und Großvater ging in seinen ausgetretenen Gummistiefeln, der blauen Latzhose und dem Tirolerhut mit dem seltsamen grünen Wollband – einem Souvenir von seiner Hochzeitsreise, der, formverloren zu einem Schlapphut geworden, seine Stirn verdeckte, so dass ein geheimnisvoller Schatten auf seinen Augen lag – in die Hocke, und ich rannte in seine offenen Arme und versteckte meine Tränen unter der Hutkrempe.

Um diese Zeit des Tages waren die Fensterläden im ersten Stock des dunkelgrün gestrichenen Hauses immer geschlossen und auch die Holzrollos im Erdgeschoss halb heruntergelassen, damit die späte Nachmittagssonne die Teppiche und Tapeten nicht ausbleichte. Nur in der Küche, wo wir an dem rechteckigen Tisch saßen, den Großvater aus den Resten einer vom Sturm geknickten Eiche gezimmert hatte, stand die Terrassentür immer weit offen, und ich sah hinaus auf den See. Hörte Segel schlagen. Enten quaken. Und aß Pflaumenkuchen. Im Fernseher, der auf einer Kommode zwischen Terrassentür und Fenster stand, sprach eine Diskussionsrunde über die sexuelle Revolution, und Großmutter sagte, als das Foto einer nackten Kommune gezeigt wurde:

»Widerlich. Wie die Ameisen«, und zerlegte den Kuchen auf ihrem Teller in gleich große Teile. Ich mochte das Foto. Großmutter mochte aber keine Nackten, keine Langhaarigen, und sie machte Ameisen für die sexuelle Revolution verantwortlich, weil es in ihren Hügeln nur ausgetretene Pfade, aber keine heterosexuellen Strukturen gab.

Als es dämmerte und Karlchen eingeschlafen war, verabschiedeten sich meine Eltern, und während mein Vater beim Wenden beinahe den Gartenzaun umgefahren hätte, wich ich dem hypnotischen »Du-wirst-es-schön-haben-Blick« meiner Mutter aus und sah in den Abendhimmel, wo ich eine Frau in einem Trenchcoat entdeckte, die auf dem Flachdach der Doppelgarage, die an der linken schmalen Seite des Hauses angebaut war, auf einem Klappstuhl aus weißlackiertem Holz saß und durch ein Fernrohr den Himmel beobachtete. Niemand schien diese seltsame Erscheinung zu bemerken. Und auch sie ignorierte uns und sah, während die Abschiedszeremonie zu ihren Füßen eine kleine Tragödie wurde, weil Großmutter weinte, weil meine Mutter anfing zu weinen, was Großvater zu Tränen rührte, der wiederum seinen Sohn zum Weinen brachte, in den Himmel. Schrieb ab und zu etwas in ein kleines Heft, das auf ihrem Schoß lag. Und ich vergaß vor lauter Staunen das Weinen.

Wenige Minuten später verschwanden meine Eltern und Karlchen in einer Staubwolke, und nachdem Großmutter ins Haus gegangen war, fragte ich Großvater flüsternd:

»Wer ist das?«

»Was?«, fragte Großvater und verwischte eine Träne mit dem Hemdsärmel.

»Na, das da oben ...«, sagte ich und sah auf das Garagendach.

»Ach, das! Das ist deine Tante Maud. Erinnerst du dich nicht an sie?«, antwortete Großvater, stopfte sein Hemd in die Hose, ging ins Haus und rief aufgebracht: »Amalie, das Kind muss ins Bett!«, während ich wie versteinert meinen Blick nicht von Tante Maud abwenden konnte, die von einem halben Mond beleuchtet durch ein sperriges Teleskop blickte.

In dieser Nacht lag ich nicht in dem viel zu großen Bett, sondern auf dem Holzfußboden. Auf dem Bauch. Die Arme weit ausgebreitet. Als ob ich fliegen würde. Und während ich mir vorstellte, wie die australische Frau im Haifischmagen durch das Mittelmeer schwamm, sah ich den Mond und wünschte mir, niemals gefressen zu werden. Dann schloss ich meine Augen und hoffte, ein Mal, nur ein einziges Mal in meinem Leben, ein eigenes Wunder zu erleben. Nicht ahnend, dass es bereits auf dem Garagendach auf mich wartete.

3

Am nächsten Morgen weckte mich ein gellender Schrei, und ich rannte zum Fenster, um zu sehen, ob Tante Maud vom Dach gefallen war. Aber ich konnte sie weder auf dem Dach noch auf dem Kiesweg darunter entdecken. Stattdessen fand ich meine Großmutter Amalie, völlig aufgelöst und den Tränen nahe, im Vorraum zwischen Küche und Wohnzimmer. Kniend. Und kreidebleich. In Nachthemd und Pantoffeln. Die rechte Wange knapp über dem Fußboden fixierte sie einen Punkt unter dem Bücherregal im Wohnzimmer und rief, obwohl mein Großvater dicht neben ihr stand:

»Eine Ameise! Du weißt, was das bedeutet, Gustav…!«

Großvater gähnte, kratzte seinen Morgenbart und sagte bedächtig:

»Ja. Amalie. Das ist eine Ameise. Eine rote Waldameise auf Erkundungsreise«, und verschwand im Badezimmer.

Ich hockte mich neben Großmutter und beobachtete, wie das kleine Tier versuchte, einen riesigen Kekskrümel zwischen die Teppichfransen zu ziehen, und als die Ameise wenige Sekunden später unter dem Teppich verschwunden war, fiel eine Träne aus Großmutter heraus und bildete auf dem Steinboden eine winzig kleine Pfütze. Großmutter murmelte, während sie den Boden mit dem Saum ihres

Nachthemds trocknete, etwas Unverständliches. Ging zu Großvater, der in der Küche seinen Kaffee schlürfte und versonnen in den Garten sah. Und Großvater erwiderte ihren vorwurfsvollen Blick: »Du denkst doch nicht im Ernst, dass diese Ameise von meinem Kompost kommt? Diese Ameise ist nicht auf meinem Mist gewachsen.«

»Oh, doch, Gustav«, sagte Amalie, »auch diese Ameise!«, und prophezeite, während sie den Frühstückstisch deckte, eine chaotische Zeit, die Termiten gleich über uns hereinbrechen würde. Unkontrollierbar und unaufhaltsam war es nur noch ein kleiner Schritt vom blühenden Eukalyptusbaum zum ausgehöhlten Didgeridoo. Ich war auf dem Fußboden liegen geblieben und beobachtete Großmutter, die immer vorwurfsvoller wurde. Großvater nehme keine Rücksicht. Denke nur an sich. Sie mache die ganze Arbeit. Nichts als Arbeit. Während er sich mit seinem Kompost entspanne. Und es schien, als gäbe es einen Zusammenhang zwischen Großmutters Vorwürfen und Großvaters zappelndem rechten Fuß, den er über den linken geschlagen hatte. So, als ob er seine Gedanken auf diesem Weg in die Freiheit schütteln würde. Je länger ich den Fuß beobachtete, desto klarer wurde, dass er horizontal geschüttelt »Nein« sagte, während er, zum Beispiel auf die Frage, ob Großvater lieber mit seinem Kompost verheiratet wäre, ein eindeutig vertikales »Ja« schüttelte.

Als mein dampfender Haferbrei auf dem Tisch stand, beendete Großmutter ihren Dialog mit einem Fuß, und ich entdeckte die kleine Ameise mit ihrem Kekskrümel zwischen Bücherregal und Türstock. Unauffällig nahm ich die kleine Pfefferminzdose, die ich aus Triest mitgebracht hatte, aus meiner Hosentasche. Steckte die letzten beiden Bonbons in den Mund. Packte die Ameise mit dem Kekskrümel in die Dose. Und als ich mich zu Großmutter an den Tisch setzte, war die ganz klein und lächerlich, während ich, groß und mächtig, meine Frühstücksflocken löffelte und mich ganz nebenbei nach Tante Maud erkundigte.

Großmutter bedauerte, dass Maud so lange schlief und überhaupt etwas seltsam war, weil sie nicht viel sprach. Oder auch gar nicht. Und als Großvater mein enttäuschtes Gesicht sah, beeilte er sich, zu erwähnen, dass Maud spätestens zum Mittagessen auftauchen würde, und ging mit mir in den hinteren Teil des Gartens, wo er neben einem alten Schuppen aus grünem Wellblech auf einen Hügel stieg und lustlos die vermoderten Äste und das welke Laub hin und her schob, bevor er wieder ins Haus zurückging. Um sich mit Großmutter zu versöhnen. Und zu erklären, warum er so viel Zeit mit der Zersetzung organischen Materials durch Kleinlebewesen verbrachte. Sie konnte nicht verstehen, dass ihm dieser Haufen Erde so viel bedeutete, weil ihn nämlich die festen Regeln im Umgang mit dem Verwesungsprozess entspannten.

Besonders wichtig war, dass das Laub erst verwendet werden durfte, wenn es welk war. Grünschnitt und Unkraut in verschiedenen Größen mussten mit Reisig vermischt werden, damit der Haufen durchlüftet wurde, und Küchenabfälle mussten pestizidfrei sein, denn schon die Schalen von Südfrüchten könnten die Entwicklung der Mikroorganismen behindern. Für diesen Fall hatte Großvater vorgehabt, die Abfälle jahrelang zwischenzulagern. Aber Großmutter weigerte sich, ihre Waschküche dafür herzugeben.

Ich kletterte auf den kleinsten der drei Apfelbäume, die vor dem Haus auf einer Wiese ein Dreieck bildeten, und beobachtete durch die offene Terrassentür, wie Großvater versuchte, Großmutter zu umarmen, während die so tat, als ob sie allein wäre, und wichtig auf dem Tisch hin und her wischte. Da hörte ich ein laut knatterndes Geräusch. Maud war endlich aufgestanden, und nachdem sie das schwere Holzrollo hochgezogen hatte, trat sie barfuß und in einem gestreiften Pyjama vor ihr Häuschen.

»Hallo, Martha. Wie hast du geschlafen?«, begrüßte sie mich, als sie mich auf dem Baum entdeckte.

»Danke, gut«, sagte ich vollautomatisch.

»Wirklich?«, fragte Maud.

»Na ja. Geht so …«, gestand ich und fand Tante Maud ziemlich neugierig und gar nicht schweigsam.

»Wie alt bist du eigentlich?«, fragte sie durch die Äste des knorrigen Apfelbaums in den wolkenlosen Augusthimmel.

»Zwölf. Am sechzehnten September werde ich dreizehn«, sagte ich, und Maud nickte anerkennend:

»Das ist in fünfunddreißig Tagen.«

»In vierunddreißig und einhalb«, korrigierte ich und beeilte mich, vom Baum zu steigen, um auch auf den Holzsteg zu gehen, der gut zehn Meter in den See hinausragte.

»Weißt du, warum Großvater Kompost so spannend findet?«, fragte ich, als wir nebeneinander auf den Bretterbohlen saßen und unsere Beine ins Wasser baumeln ließen.

»Keine Ahnung«, sagte Maud und grinste, und ich sagte so erwachsen wie möglich:

»Ich habe gesehen, wie eine Frau von einem Hai gefressen wurde.«

»Oh...«, sagte Maud und verzog das Gesicht.

»Wird man, wenn man gefressen wird, zu dem, was einen gefressen hat?«, fragte ich, und Maud antwortete nach einer kurzen Pause:

»Wir sind alle ein wenig Banane und nicht nur mit Obst und Gemüse relativ nahe verwandt. Alles besteht aus Atomen, die so klein sind, dass ungefähr eine halbe Million von ihnen nebeneinander aufgereiht hinter ein Haar passen würden. Womöglich hat eine Milliarde deiner zahlreichen Atome einst zu Shakespeare und eine weitere Milliarde zu Buddha, Beethoven oder jeder anderen historischen Gestalt gehört«, sagte Maud und schloss mit der Kuppe ihres Zeigefingers behutsam meinen offenstehenden Mund, indem sie mein Kinn nach oben schob.

»Auch bei Karlchen?«, fragte ich ungläubig.

»Auch bei Karlchen«, wiederholte Maud. »Wenn wir sterben, lösen sich unsere Atome auf und finden woanders eine neue Verwendung. In einem Blatt, einem Tautropfen. Einem Wurm. Einem neuen Menschen.«

»Einem Haifisch?«

»Auch einem Haifisch«, sagte Maud und sah ins Wasser, wo ein Havelzander seine Bahn zog.

Ich hatte kaum etwas von dem verstanden, was Maud gesagt hatte, aber ich fand sie wunderbar. Und gar nicht seltsam. Oder schweigsam. Nachdem wir den Zander und ein paar Enten mit trockenem Brot gefüttert hatten, aßen wir alle gemeinsam zu Mittag, und dann verschwand Maud, noch immer im Pyjama, in ihrem Garagenhaus, nicht ohne mich für den nächsten Tag einzuladen.

In Mauds Garage roch es nach alten Büchern und Benzin. In das Schlafzimmer konnte ich nur durch den leicht geöffneten Spalt in der Tür sehen, und es würde ein Geheimnis bleiben, aber die Tür zum Wohnraum stand weit offen. Die Wände hingen voller Fotografien, die vor allem Einstein und meine Familie zeigten. Überall, auf dem Tisch, dem Fußboden und in einem Regal neben der Tür, lagen Bücher. Ein Surfbrett der ersten Generation war an die Wand genagelt. Ein altes Klavier stand darunter. Und mitten im Raum parkte ein alter dunkelgrüner Mercedes Cabrio.

»Darin fuhr deine Urgroßmutter spazieren, und dein Urgroßvater lief mit einer weißen Fahne vorneweg, um die Menschen zu warnen«, erzählte Maud und bat mich, auf dem Beifahrersitz Platz zu nehmen, öffnete die kleine Tür des Handschuhfachs und nahm einen Riegel Milchschokolade heraus. »Aus der Schweiz. Möchtest du?«

Ich nickte, und Tante Maud brach eine ganze Reihe für mich allein ab.

»Wollen wir verreisen?«, fragte Maud, und ich antwortete ziemlich überrascht:

»Ich darf nicht einmal allein mit dem Bus fahren, hat Papa gesagt.«

»Die Erwachsenenwelt ist ein wesentlich größeres Rätsel als das Universum. Gut. Dann wollen wir in unserer Phantasie verreisen!« Maud holte eine Sternenkarte aus dem Handschuhfach und fragte:

»Wohin soll die Reise gehen? Zum Mond? Zum Kleinen Bären? Oder in eine andere Galaxie?«

Und während wir durch die unendlichen Weiten des Universums kutschierten, gratulierte mir Maud zu meinem unvorstellbaren Glück, weil von den Abermilliarden biologischen Arten, die von Anbeginn der Zeit existiert hatten, 99,99 Prozent ausgestorben waren. Wir aber lebten!

Ich erfuhr, dass ich während der letzten 3,8 Milliarden Jahre Sauerstoff gar nicht mochte. Ich hatte Flossen, Gliedmaßen und Flügel. Habe Eier gelegt, die Luft mit gespaltener Zunge gefächelt, glatte Haut und einen Pelz besessen, lebte unter der Erde und auf Bäumen und habe mich zwischen der Größe eines Elefanten und einer Maus bewegt.

»Darauf trinken wir!«, sagte Maud, zog einen Flachmann aus ihrer Rocktasche, hob ihn auf mein Wohl und nahm einen kleinen Schluck. Ich lehnte dankend ab.

»Stimmt! Du bist ja noch ein Kind«, erinnerte sich Maud und zog die Handbremse.

Der Andromedanebel war beeindruckend. Zumindest auf dem Foto, das Maud mir zeigte, und ich strahlte galaktisch, denn mein zweiter Tag in Kladow war noch schöner geworden als der erste.

Abends, bevor Maud auf das Garagendach kletterte, sagte sie:

»Bis morgen«, und ich schlenderte mit meiner Ameise in der Hosentasche ins Haus und nahm mir vor, sie gleich morgen auf den Kompost zu setzen.

4

Wenn Maud in der Universität war oder ungestört arbeiten wollte, vergingen die Tage in Kladow wie in Zeitlupe. Lustlos lungerte ich dann nach der Schule im Garten oder im Haus herum und vertrieb mir die Zeit mit Lesen oder verkroch mich in meine Phantasie. Damals hätte ich wahnsinnig gerne auf der 1000 Quadratmeilen großen Ponderosa Ranch gelebt. Auch wenn ein Dasein als einzige Frau unter Cowboys seine Nachteile hatte und ich als Schwiegertochter des Rinderzüchters Ben Cartwright damit klarkommen musste, dass er drei Söhne von drei verstorbenen Frauen hatte. Meine Befürchtung, dass ich nach der Geburt des ersten Enkelsohnes die Nächste sein könnte, belastete an schwülen Tagen meine Ehe mit dem romantischen Heißsporn Little Joe, denn ganz anders als meine Mutter war ich Hausfrau aus Leidenschaft und vermied jede Diskussion, obwohl wir uns im Amerikanischen Bürgerkrieg Mitte des 19. Jahrhunderts befanden. Ich wollte eine perfekte Ehefrau und Mutter sein, führte den Haushalt, kümmerte mich um die Jungtiere und mähte in meiner kargen Freizeit die weite Prärie.

Dass es in meiner Phantasie so weit kommen konnte, verdankte ich der Tatsache, dass meine Großeltern Fernsehen, bis auf Bonanza, verboten und die endlosen Tage ohne

Maud so langweilig waren, dass ich sogar die haarigen Beine unserer Sportlehrerin Fräulein Lestikow bewunderte und unbedingt auch solche behaarten Beine haben wollte, von den Achselhöhlen ganz zu schweigen, nur um endlich erwachsen zu sein.

Damals hätte ich gerne ein Stück vom Himmel gegessen, um zu wissen, wie »unendlich« schmeckt, und um zu verstehen, was »unendlich« bedeutet, denn es gab unendlich vieles, was ich in dieser Zeit nicht begreifen konnte und gerne gegessen hätte, um es zu schlucken oder auszuspucken. Den Himmel über Kladow hätte ich aber niemals ausgespuckt. Ich liebte diesen Himmel, der sich über dem Wannsee spiegelte und ihm seine Farbe lieh. Blau. Grau. Grün. In allen Schattierungen. Und meine Zweifel am lieben Gott vertrieb. Denn der wohnte doch im Himmel. Unendlich allwissend. Und ich wohnte direkt darunter.

Wenn das Wetter gut war, ging ich in die kleine Bucht, die, wenige Meter von unserem Haus entfernt vom Schilf bedrängt, jede Woche ein wenig kleiner wurde, und schwamm, machte Hausaufgaben oder lag einfach nur am Strand, bis eines Tages zwei große Füße dicht an meinem Kopf vorbei in den See stiegen. Als ich mich umsah, stand zu meiner großen Überraschung ein Junge im Wasser. Er hatte einen blonden Lockenkopf, trug eine viel zu große Badehose und ein knallrotes T-Shirt, auf dem »I don't like Mondays« stand.

»Da drüben ist Australien ...«, sagte der Junge, als ob wir seit ewigen Zeiten befreundet wären, und machte eine leichte Kopfbewegung nach rechts.

»Und?«, fragte ich ziemlich beeindruckt und stand auf.

»... und was?«

»... und weiter?«, fragte ich.

»... nichts weiter. Da drüben ist Australien«, wiederholte der Lockenkopf und sah aufs Wasser.

Ich stand auf, zog die viel zu groß geschnittene Bikinihose zurecht, verärgert, dass ich erst einen neuen Bikini bekommen würde, wenn der, den ich anhatte, nicht mehr passen würde, was wahrscheinlich nie der Fall sein würde, und sagte:

»... sehr interessant. Wäre ich ein Känguru, könnte ich mit dieser Information etwas anfangen... Dann wüsste ich jetzt, wo ich hingehöre.«

»Ich heiße Tom, und du?«

»Känguru«, antwortete ich und ärgerte mich im selben Augenblick über meine kindische Antwort.

»Sehr witzig«, sagte Tom, und während ich ihm ins knietiefe Wasser folgte, fragte ich: »Ich habe dich hier noch nie gesehen... Wo wohnst du?«

»Ich wohne im Internat in Staaken... und eigentlich bin ich gar nicht hier... Wenn die wüssten, dass ich hier bin, hätte ich ein echtes Problem. Die denken, ich liege mit Kopfschmerzen in meinem Zimmer.«

»Und wie alt bist du?«

»Fünfzehn. Und du?«

»Vierzehn«, log ich und sah durch das bräunlich gefärbte Wasser auf den hellen, sandigen Boden, der das Sonnenlicht reflektierte. Tom fand, nachdem er sich ausgiebig umgesehen hatte, dass es in Kladow noch langweiliger war als in Staaken, und ich widersprach ihm zu meiner eigenen Verblüffung.

»Deswegen liegst du auch mitten am Tag wie ein toter Taschenkrebs auf dem Strand... gar nicht langweilig«, sagte Tom und schleuderte einen flachen Stein so in den See, dass er drei Mal hintereinander auf der Wasseroberfläche aufkam, bevor er verschwand, und obwohl ich keine Ahnung hatte, was um alles in der Welt ich mit der Zeit, die bis zum Abendessen blieb, anstellen würde, sagte ich betont wichtig:

»Ich werde jetzt auch verschwinden.«

»Gar nicht langweilig«, wiederholte Tom, hob seinen Arm lässig zum Gruß, und ich lächelte verlegen, drehte mich nach ein paar Schritten noch einmal um und sagte:

»Da drüben ist gar nicht Australien«, und lief so schnell ich konnte und ohne mich noch einmal umzusehen nach Hause, nur um wie der Ochs am Gatter vor Mauds Garagentor zu stehen. Das noch immer heruntergelassen war.

»Habt ihr Maud gesehen?«, fragte ich meine Großeltern, die auf der Terrasse saßen und das Abendessen vorbereiteten.

Großvater erzählte, dass Maud mit der ersten Fähre, die dicke Aktentasche unter dem Arm, zur Universität gefahren sei, um dort zu arbeiten. Sie habe das winzig helle Licht einer Supernova entdeckt, das vermutlich sechzig Millionen Jahre unterwegs gewesen war, und sei ganz euphorisch, weil sie ausgerechnet in dem Moment ihren Blick auf das richtige Stück Himmel gerichtet hatte.

»Zu dumm, dass ihr das bei Männern nicht gelingt«, ätzte Großvater, und Großmutter sah nachdenklich aufs Wasser, holte tief Luft und sagte:

»Wie kann ein Stern, der noch leuchtet, bereits tot sein?

Das ist, als ob du meine Stimme noch hören könntest, obwohl ich schon lange nicht mehr am Leben bin. Mauds sterbende Sterne bringen mich ganz durcheinander. Jedes Mal, wenn sie bei Vollmond auf dem Dach sitzt und ich nicht einschlafen kann, denke ich an den Tod. Sterben auch wir wie die Sterne? Und wenn nein, warum nicht? Warum sterben wir überhaupt? Und was passiert mit uns, wenn wir tot sind?«

Ich nahm noch eine Tomate aus der Holzschale, die auf dem Tisch stand, zuckte mit den Schultern, und während ich an die Frau im Haifischmagen denken musste, sagte Großvater:

»Was soll nach dem Tod schon mit dir passieren, Amalie. Nach deinem Tod ist es wie vor deiner Geburt.«

Über Amalies Gesicht huschte ein zartes, kleines und erleichtertes Lächeln. Die Antwort hatte sie beruhigt. Es war nach der Geburt etwas aus ihr geworden, also warum sollte nicht auch nach dem Tod etwas aus ihr werden.

Ich hatte meine Unterarme auf dem Tisch verschränkt und meinen Kopf so daraufgelegt, dass meine Wange meinen Unterarm berührte, und während ich versuchte, Großmutters Altersflecken zu zählen, stellte ich mir vor, wie toll es wäre, wenn ich nicht nur Fräulein Lestikows behaarte Beine, sondern auch diese unzähligen Pigmentflecken hätte. Dann wäre ich endlich erwachsen. Und das Warten hätte ein Ende. Dachte ich.

Vor dem Einschlafen ging mir Tom nicht aus dem Kopf. Noch nie zuvor hatte mich ein Junge so angelächelt. Die Jungs in meiner Klasse kicherten oder grinsten. Tom aber lachte irgendwie erwachsen. Wenn er morgen wieder in der

Bucht sein würde, wollte ich ihm sagen, dass auch ich Kladow ziemlich langweilig fand. Und auf der anderen Seite doch immer irgendwie Australien lag.

Am nächsten Tag regnete es, und es verging eine ganze Woche, bevor Tom in die Bucht kam. Von da an trafen wir uns heimlich und sooft es Tom gelang, unbemerkt aus dem Internat zu verschwinden, bis er eines Tages plötzlich und ohne sich zu verabschieden aus meinem Leben verschwand. Die Befürchtung, dass es an meinem letzten Kuss gelegen haben könnte, nagte und zerrte viele Monate lang an meinem pubertären Ego, und es vergingen sechzehn Jahre, bevor Tom an einem verregneten Freitag im April auf dem Frankfurter Flughafen in der Warteschlange zum Check-in nach Berlin plötzlich neben mir stand:

»Na, Känguru, was gibt es Neues?«, flüsterte er in mein Ohr, und ich zog meine verrutschte und vom langen Flug total zerknitterte Leinenhose zurecht und sagte nach dem üblichen »Wie-geht-es-dir-Du-siehst-gut-aus-Was-treibt-dich-hierher«:

»Wo warst du so lange?«

Tom erzählte, dass er sich damals nicht von mir verabschieden konnte, weil ein Lehrer ihn erwischt hatte, wie er über den Zaun gestiegen war. Zur Strafe musste er so lange im Hausarrest bleiben, bis seine Eltern ihn abholten, und während wir im Bus zur Maschine fuhren, schwor Tom, dass er mehrere Briefe an mich geschrieben hatte, weil auch er sich nach unserem ersten Kuss in mich verliebt hatte.

Die Briefe hatte er aber dummerweise nicht an den Sacrower Weg in Kladow, sondern an den Kladower Weg in Sacrow adressiert, und weil Sacrow nicht zu Berlin, sondern zu Potsdam gehörte, kamen seine Briefe erst an, als ich bereits wieder in München bei meinen Eltern war.

Großvater sagte, als ich ihn fragte, ob er sich an die Briefe erinnern könne:

»Ach, die waren für dich …«, und nach einer kurzen Pause, in der er sich verlegen räusperte, gestand er, dass er die Briefe verbrannt hatte, weil sie ihn ziemlich eifersüchtig auf einen gewissen Tom gemacht hatten. Großmutter entschuldigte sich wenige Tage später und gestand, dass sie die Briefe so in ihrem Schlafzimmer versteckt hatte, dass Großvater gar nicht anders konnte, als sie zu finden. Als er: »Liebste Perle, ich vermisse dich so sehr« und »Mein süßes Känguru, wie oft denke ich an unsere Stunden in der kleinen Bucht« las, brachte ihn das beinahe um den Verstand, und als nach dem vierten Brief keine weiteren folgten, schrieb Amalie sich kurzerhand selbst einen letzten heißblütigen Abschiedsbrief, in dem Tom darauf drängte, sie sofort zu heiraten. Aus Liebe. Und Leidenschaft. Oder für immer zu schweigen. So stürzte ich mich, von der ersten großen Liebe enttäuscht, in mehrere Affären, die mich meinen guten Ruf kosteten, während Großvater sich bei einem befreundeten Juwelier in Unkosten stürzte, um seine Ehe zu retten.

Nach dem Abitur studierte ich Germanistik und Theaterwissenschaft, brach das Studium aber im letzten Semester ab, um als Regieassistentin für mehrere Kleinkunstbühnen zu arbeiten, bevor ich schließlich als Texterin in einer großen Werbeagentur landete. Tom hatte nach mehreren Internatsaufenthalten sein Abitur doch noch geschafft und nach einem abgebrochenen BWL-Studium in Paris Architektur studiert. Als wir uns trafen, wollte er gerade wieder nach Berlin zurückkehren, und so zog er wenige Wochen nach unserem Wiedersehen bei mir ein und machte sich mit einem kleinen Büro in Kreuzberg selbständig. Ich wechselte innerhalb meiner Agentur in eine andere Abteilung, wurde Kreativdirektorin und plante unser ewiges Glück, nicht ahnend, dass ein leidenschaftlicher Liebesbrief mit unbekanntem Absender wesentlich besser funktionieren kann als das theoretische Versprechen, in guten wie in schlechten Zeiten zusammenzuhalten.

Das Problem des Eheversprechens ist, dass dieser Vorsatz in guten Zeiten ausgesprochen wird. Andersherum wäre es sinnvoller. Aber wer heiratet schon in schlechten Zeiten? Mit einem Nachsatz?

An Toms erstes Wort, den ersten Blick, den ersten Kuss kann ich mich genau erinnern. Aber welches war das erste Wort, das zum letzten führte? Welcher Blick der erste, der den letzten ahnte?

In meinem zwölften Ehejahr erreichte mich kein leidenschaftlicher Liebesbrief, sondern eine kurze SMS mit der Bitte, sich beim Italiener um die Ecke zu treffen.

»Ich bin nicht mehr glücklich, so wie es ist. Ich will wieder allein leben«, sagte Tom, als wir uns an einen kleinen Tisch in einer Nische ans Fenster setzten. Dann schwieg er für den Rest des Abends, und ich hielt ein leidenschaftliches Plädoyer über sein Gefühl der inneren Leere und dass wir für unser eigenes Glück nur uns selbst und nicht den anderen verantwortlich machen können.

Tom sagte, dass er Zeit brauche und nicht so genau wisse, warum er nicht mehr glücklich sei, aber vermute, dass ich schuld sei, weil er sich so sehr verändert habe, dass ich nicht mehr zu ihm passen würde. Mit dem Erfolg. Und dem vielen Geld. War er süchtig geworden nach dem »Kick«, der in solchen Wachstumsraten in unserer Ehe unmöglich zu erreichen war. Tom fühlte sich nur noch glücklich, wenn er in seinem riesigen Architekturbüro für Integration und Motivation sorgte. Angehimmelt. Und im Mittelpunkt. Zählten für ihn nur noch Umsätze und Gewinne vor und nach Steuern. Ich war zwischen die unternehmerischen Ordner geraten und wurde buchhalterisch unter S wie Steuervorteil geführt. Viel zu spät hatte ich begriffen, dass ich in diesem Konkurrenzkampf immer den Kürzeren ziehen würde. Deswegen war ich nach vorgerückter Stunde und einer Flasche Weißwein dann doch irgendwie schuld an unserem Ehe-Aus, weil es mir einfach nicht gelungen war, ihn abends nach einem langen Arbeitstag so zu empfangen, dass er sich frisch und munter wie ein Fisch im Gebirgsbach fühlte. Mein Argument, dass ich nur deswegen aufgehört hatte, ihn gut gelaunt und hübsch angezogen zu empfangen, weil er immer viel zu spät nach Hause kam, konnte seinen Entschluss, ins Hotel zu ziehen, genauso wenig beeinflussen wie meine Rechtfertigung, dass ich kein kalt gewordenes Abendessen mehr ertragen konnte, weil ich eine Art »Abendessen-Allergie« entwickelt hatte, die sich durch kleine Bläschen auf der Zungenunterseite bemerkbar machte, sobald ich in die Nähe von kalt gewordenem Fisch oder Fleisch kam.

»Deswegen habe ich nur noch à la minute gekocht«, flehte ich den Tränen nahe, worauf Tom bestätigte, dass ich mit belegten Broten, Salat und Mozzarella-Tomate unsere Ehe endgültig vergeigt hätte.

Als ich kurz vor Mitternacht bei einer Mousse au Chocolat mein Schlussplädoyer über festgefahrene Verhaltensmuster hielt und vorschlug, diese doch zu ändern, um die letzten Jahre nicht einfach wegzuwerfen, lächelte Tom nur müde, und nachdem die Rechnung beglichen war, blieb uns nur noch hilfloses Schweigen. Die Stille hatte das erträgliche Maß längst übertroffen.

Wenige Tage später warteten Toms gepackte Kartons und Kisten darauf, abgeholt zu werden, und ich stand am Fenster meiner halbleer geräumten Wohnung und wartete auf ein Wunder. Eine gigantische Welle. Oder einen mächtigen Wind, der die Wand des Schweigens zwischen uns zum Einstürzen bringen würde. Alles, was ich denken konnte, war: Bleib. Alles, was ich sagen konnte, war: Bleib.

»Mach's gut«, sagte Tom zum Abschied.

»Du auch«, sagte ich und drückte Toms gelbe Badehose, die ich in einem unbeobachteten Moment aus seiner Sporttasche gezogen hatte und unter meinem Pullover versteckt hielt, fest an meinen Bauch, und als Toms Schritte im Treppenhaus immer leiser wurden, füllten sich meine Augen mit Tränen, und ich nahm mir vor, nicht so einfach aufzugeben. In wenigen Tagen wollte ich anrufen und »Du hast deine Badehose vergessen. Ich könnte sie vorbeibringen …« sagen.

»Nicht nötig«, antwortete Tom kurz angebunden und schlug vor, das olle Ding wegzuwerfen. Oder Henk zu schenken.

5

Henk wohnt mit Honky Tonk, der einen Matrosenanzug trägt und einen fünfzig Zentimeter langen Körper aus Pappmaché hat, eine Etage unter mir. Die beiden stehen jeden Abend, außer montags, in einem kleinen Theater in Kreuzberg auf der Bühne, wo sie in einer Doppelconférence durch das Programm führen, in dem Henk der Kluge und Gebildete und Honky Tonk der begriffsstutzige Tölpel ist. Privat lässt Honky Tonk sich das aber nicht bieten.

Wenn Henk nicht mit dem Bauch redet, schreibt er an einem neuen Bühnenprogramm oder träumt von Luna, die er vor einem Jahr während einer Kreuzfahrt im Schwarzen Meer kennengelernt hat. Sie war als Schlangenfrau der Star des Variétéprogramms, und Henk wusste in dem Augenblick, in dem er Luna das erste Mal gesehen hatte, dass die Liebe eines Ventriloquisten und einer Kontorsionistin pures Glück bedeuten und die wunderbarsten und talentiertesten Ventrilokontorsionistenkinder hervorbringen muss.

Als seine Angebetete vor wenigen Monaten nicht nach Berlin, sondern nach Moskau zog, weil sie bei einem russischen Zirkus für eine Saison unterschrieben hatte, brachte Henk tagelang keinen Ton heraus, und erst als sie versprach, ihn nach dem Engagement in Moskau zu heiraten, um dann mit ihm auf einem Kreuzfahrtschiff der Luxusklasse zu arbeiten, konnte Henk wieder mit dem Bauch reden. Jetzt wartet er auf Luna. Und arbeitet an seinem Ventrilokontorsionisten-Programm. Eine Weltpremiere! Eine Sensation!

Als ich Henk das erste Mal im Treppenhaus begegnete, starrte er, ohne ein Wort zu sagen, auf meine Schuhe. Ich dachte, Spinner. Und Spanner. Aber mit der Zeit fand ich heraus, dass Henk einfach nur sehr schüchtern war. Vor allem ohne Honky Tonk, der all das ausspricht, was Henk sich niemals trauen würde. Honky Tonk war auch derjenige, der Luna den Heiratsantrag gemacht hatte, was wiederum zu Spannungen führte, weil Honky Tonk darauf bestand, auch in der Heiratsurkunde erwähnt zu werden.

Als ich an Henks Wohnungstür klingelte, war niemand zu Hause, und um Toms Badehose so schnell wie möglich loszuwerden, stopfte ich sie wütend in den Schlitz des Briefkastens. Dummerweise blieb ich mit meiner Uhr so ungeschickt hängen, dass mein Handgelenk festklemmte. Erst konnte ich nicht glauben, dass eine Hand, die in eine Öffnung hineingeht, nicht auch wieder herausgeht. Aber nachdem ich minutenlang vergeblich versucht hatte, mich zu befreien, und mein Arm durch die unnatürlich nach oben gestreckte Haltung zu verkrampfen drohte, rief ich erst leise und dann immer lauter um Hilfe.

Unter Henk befanden sich zwei Ladenlokale, die um sieben Uhr schlossen, die Wohnung neben Henk stand schon seit Monaten leer. Über Henk wohnte ich und neben mir die uralte Frau Meggele, die endlich nach einer halben Ewigkeit die Treppe herunterkam.

»Was suchen Sie in dem Briefkasten?«, fragte sie misstrauisch und hielt sich am Treppengeländer fest.

»Frau Meggele, ich bin es … Erkennen Sie mich nicht? Knorr … von nebenan … Haben Sie eine Zange? Sie müssten nur …«

»Ich kenne Sie nicht«, unterbrach mich Frau Meggele, und als ich schwor, kein Dieb, sondern eine Nachbarin zu sein, schüttelte sie ihren Kopf und sagte:

»Reden Sie doch keinen Unsinn. Ich rufe jetzt die Polizei.«

Wenig später stand ich mit einem abmontierten Briefkasten am Handgelenk vor einem Polizeibeamten und bekam eine Geldstrafe wegen Beschädigung fremden Eigentums, denn in Henks Wohnungstür klafften jetzt zwei Cent große Löcher im Holz und gaben Einblick in seine chaotische Zweiraumhöhle.

Als ob das nicht genug wäre, musste ich auch noch mit dem freundlichen Feuerwehrmann auf die Straße, wo mir im Beisein zahlreicher Schaulustiger der Briefkasten vom Handgelenk geflext wurde. Das war kein schönes Gefühl, und ich wage zu bezweifeln, dass psychische Spätfolgen ausgeschlossen werden können.

Henk hatte nach der Vorstellung noch einem Kollegen geholfen, ein altes Kellerregal auf den Sperrmüll zu räumen, und klingelte kurz vor Mitternacht, nach alten Kartoffeln riechend, an meiner Wohnungstür.

»Schon gut«, sagte er, als ich ihm die Türlöcher erklärte, und weil ich einen so erbärmlichen Eindruck machte, lud er mich noch zu sich ein. Dankbar, nicht mehr allein zu sein, ließ ich mich in die seltsame Umzugskisten-Luftmatratzen-Wohnlandschaft fallen, nahm einen großen Schluck Wein, schloss meine Augen und atmete die gummigetränkte Luft.

»Das Gute an Luftmatratzen-Möbeln ist, dass sie bei einem Umzug so gut wie keinen Platz benötigen und Sommer wie Winter Ferienzeltlagergeruch verbreiten«, sagte Henk.

»Vorausgesetzt, man mag Ferienzeltlager«, stöhnte Honky Tonk, und ich dachte: »Für eine gemütliche Atmosphäre fehlt hier einfach das Lagerfeuer«, und brach in Tränen aus.

»Monatelang hast du dich bei mir beschwert, dass Tom sich nicht um dich kümmert. Keine Zeit für dich hat. Dich nicht versteht. Und jetzt ist er weg, und du tust, als ob er dein Traummann gewesen wäre«, sagte Henk und ließ sich neben mich auf die Luftmatratze fallen, so dass wir beide ins Schaukeln kamen.

»Henk. Sieh mich an.«

»Ja. Und? Du bist ein bisschen blass?... und nass um die Augen.«

»... und du kommst bald in die Menopause«, sagte Honky Tonk, der auf Henks Schoß saß.

»Genau das ist es. Ich bin in einem halben Jahr zweiundvierzig Jahre alt und habe statt eines Eherings Augenringe wie ein Pandabär, weil ich mich in meinen schlaflosen Nächten frage, warum ausgerechnet ich übrigbleiben werde. Warum ich?«

»Du übertreibst. Es gibt Hunderte Frauen, die allein leben«, erwiderte Henk beschwichtigend, während er Honky Tonk den Mund zuhielt.

»Ich will doch nur ein gemütliches Zuhause. Ein Kind. Und einen Baum pflanzen. Ist das zu viel verlangt?«, jammerte ich und fand meinen weinerlichen Ton selbst widerlich.

»Du könntest doch schon mal einen Baum pflanzen«, schlug Honky Tonk vor.

»Ja. Um mich daran aufzuhängen«, sagte ich genervt und hielt einen Vortrag über Nähe und die damit zusammenhängende Vergeblichkeit von Liebe, die wiederum wegen des ganzen Theaters der vorausgehenden Verlogenheit unweigerlich zur Vergangenheit wird.

Henk sah mich ziemlich irritiert an und wollte nach einer kurzen Pause wissen, warum das so wichtig für mich sei.

»Was genau meinst du?«, fragte ich.

»Hast du ein Konzentrationsproblem? Das mit der Vergangenheit...«, ätzte Honky Tonk und empfahl Ginkoblätter aus der Apotheke.

»Ich will etwas hinterlassen, was die Zeit überdauert. Verstehst du? Sonst war's das. Tot. Aus. Vorbei. So spektakulär könnte mein Begräbnis gar nicht sein, dass sich eine Generation später noch ein Mensch an mich erinnern würde. Diesen Gedanken finde ich unerträglich.«

»Mir ist es völlig egal, ob sich jemand nach meinem Tod an mich erinnert. Es erinnert sich kaum jemand vor meinem Tod an mich... Ich gehe davon aus, dass ich nach meinem Tod kein besonders großes Interesse mehr an meinem Leben haben werde«, philosophierte Henk.

»Also ich werde nicht um dich trauern. Du Tyrann«, sagte Honky Tonk und raunte mir mit samtweicher Stimme zu:

»Dann könnten doch wir beide...«

»Nein, Honky Tonk!«, reagierte ich nervös, »vergiss es. Ich werde meinen Lebensabend nicht mit dir verbringen.«

Und während Henk mit Honky Tonk diskutierte, wer wen überleben würde, dachte ich an Tom. Er hatte nicht gesagt, dass er für immer gehen würde. Er hatte gesagt, dass er keine Lust mehr habe zu diskutieren. Und dass er keinen Stress, sondern Spaß haben wolle.

»Wärst du gestresst, wenn ich ... Ich meine ... würdest du verstehen, wenn ich ...«, fragte ich Henk, der ziemlich ratlos war, weil er Honky Tonks Argument, unsterblich zu sein, nicht widerlegen konnte.

»Ja?«, fragten Henk und Honky Tonk aus einem Mund.

»Ich meine ... Wenn ich etwas nicht verstehe oder mich nicht wohl fühle, muss ich darüber reden. Ich kann dann nicht so tun, als ob alles in Ordnung ist. Aber genau das bedeutet für Tom Stress. Er hasst es, über Probleme zu reden. Für ihn ist das Meckern. Meckern. Das kann ich überhaupt nicht verstehen. Ich habe ein Problem, und er nennt das Meckern.«

Honky Tonk schlug vor, mein Verhältnis von Wirklichkeit und Wahrnehmung zu überprüfen, und Henk schwor auf Trauerarbeit in Form eines Video-Tagebuches.

»Als ich das erste Mal unglücklich verliebt war, habe ich jeden Tag vor laufender Kamera über meine Gefühle und Gedanken gesprochen. Willst du es sehen?«, fragte er.

»Das war schrecklich«, gähnte Honky Tonk.

Henk konnte verstehen, dass ich keine Lust auf sein Video-Tagebuch hatte, und ich fragte mich, warum ich eigentlich nicht mit Henk zusammen war. Gut, es sah nicht besonders erotisch aus, wenn er mit dem Bauch redete... Aber Honky Tonk könnte ja im Wohnzimmer schlafen... Und Sex wird doch sowieso überbewertet. Oder?... Wenn Henk einiges an sich verändern würde, wäre er gar nicht so übel. Frisur. Zahnstellung. Hosenschnitt. Schuhmodell. Und die ausgebeulten Shirts, die nach abgestandenen Lebensmitteln rochen.

»Hast du eigentlich schon einmal darüber nachgedacht, dir ein paar Hemden zu kaufen? Und deine Haare zu schneiden?«, fragte ich vorsichtig

»Nein«, antwortete Henk wie aus der Pistole geschossen.

»Und Schuhe... könntest du dir vorstellen, andere Schuhe... Ich meine...«, hakte ich vorsichtig nach.

»Schnürschuhe?«, fragte Henk und verzog angewidert sein Gesicht.

»Vergiss es!«, sagte Honky Tonk. »Hol lieber deine Angel aus dem Schrank, und geh auf Männerfang. Deine Uhr tickt! Wie willst du sonst an das Genmaterial für deinen Nachwuchs kommen? Oder willst du Kinder aus Pappmaché...«

Das saß. Ich versuchte noch eine Antwort, in der ich darauf hinwies, dass das mit dem Angeln nicht so einfach sei, weil die weibliche Männerwahl auf einem hochkomplizierten Konstrukt aus Widersprüchen basiert, denn nach den neuesten wissenschaftlichen Erkenntnissen wollen wir Frauen in den fruchtbaren Tagen Machos mit kantigem Kinn und Dreitagebart, während wir in der restlichen Zeit auf flauschige Softies fliegen. Aber Honky Tonk sagte daraufhin nur gelangweilt:

»Na dann, Petri Heil!« Und Henk holte noch eine Flasche Wein.

Lange nach Mitternacht torkelte ich mit Henks alter Fliegenfisch-Ausrüstung bewaffnet in meine Wohnung. Schrieb einen langen Brief an Tom. Steckte ihn in ein Kuvert. Adressierte ihn. Klebte eine Briefmarke darauf. Und warf ihn ins Klo. Dann schlief ich weinend ein.

Am nächsten Tag hatte jemand mit rotem Filzstift die beiden Löcher in Henks Wohnungstür um eine Nase und einen Mund erweitert und unter das Strichgesicht »Henk ist hässlich« geschrieben. Ich habe Henk durchgestrichen und Tom daruntergeschrieben. Wenige Tage später war Toms Name durchgestrichen und »Martin« daruntergeschrieben, und weitere Tage später war die Namensliste der Hässlichen so umfangreich, dass sie das gesamte rechte Türblatt bedeckte. Henk hat nach einem wütenden Anruf der Hausverwaltung alle Namen durchgestrichen und »Ihr seid alle hässlich« danebengeschrieben.

Mittlerweile ist Henks Wohnungstür ein Geheimtipp für die www.weristhässlicher.de-Community geworden, und es wurde sogar ein »Wer ist der Hässlichste«-Wettbewerb ins Leben gerufen. Ja. Henk und seine Tür sind mittlerweile richtig berühmt.

6

Das Schlimmste nach der Trennung von Tom waren die Nächte. Erst konnte ich nicht einschlafen, und wenn ich dann endlich schlief, rissen mich Angstträume wieder aus dem Schlaf. Da, wo einst Toms Kopf gelegen hatte, lag nun mein Tagebuch und wartete auf meine Angst. Meine Trauer. Und meine Verzweiflung. Nimmt das denn nie ein Ende? Verlieben. Lieben. Entlieben. Trennen. Erwartung. Glück. Enttäuschung. Schmerz. Ich musste andauernd darüber nachdenken, warum Tom unser gemeinsames Leben einfach so aufgegeben hatte. Ohne zu kämpfen. Und ohne mich zu warnen. Bevor es zu spät war. Liebe wird nicht alt, sondern reif. Und es sind die unreifen Vorstellungen und Gedanken über die Liebe, die uns ermüden und aus »verliebt« »verbraucht« machen.

Um auf andere Gedanken zu kommen und meine Nerven zu beruhigen, verschwand ich spätabends und sooft das Wetter es zuließ, meinen Badeanzug unter dem geblümten Frotteekleid, in der Mollettistraße hinter der riesigen Kletterhortensie, um auf der anderen Seite des undichten Zauns in einem Holundergebüsch auf den Schatten des Nachtwächters und seinen vierbeinigen Begleitschatten zu warten. Hörte die gleichmäßigen Schritte hinter einer Buchenhecke, die einen schmalen Schotterweg säumt, und sah in einiger

Entfernung die Kehrseiten der beiden Gestalten zwischen Kinderrutsche und Zehnmeterbecken über die kleine Liegewiese wandern. Wenige Minuten später waren sie hinter einer Mauer neben dem Haupteingang verschwunden, und dann lief ich, so schnell ich konnte, über die große Liegewiese. Nahm die Abkürzung durch die Herren-Umkleidekabinen. Warf mein Kleid auf eine lange Holzbank. Stieg aus meinen Flip-Flops. Und sprang lautlos in das matt beleuchtete fünfzig Meter lange Sportbecken.

Die ersten beiden Bahnen schwamm ich, um mich aufzuwärmen, Brust. Dann kraulte ich eine Bahn, um nicht aus der Übung zu kommen, und anschließend drehte ich mich auf den Rücken, um die restlichen 850 Meter mit Blick in den unendlichen Sternenhimmel zu schwimmen.

An besonders schlimmen Tagen stellte ich mir vor, ein Radiergummi zu sein. Ich radierte nicht quer, sondern längs und begann mit Toms rechtem Arm und seiner ausgestreckten Hand. Dann radierte ich Schulter, Hüfte, Oberschenkel, Unterschenkel und äußeren Fuß. Schlüsselbein. Brustbein. Brust. Rippenbogen. Lende. Rechter Hoden. Oberschenkel. Knie. Schienbein. Mittelfußknochen.

Gerade als ich bei Toms rechtem Auge angekommen war, sah ich einen Mann in Uniform am Beckenrand, und wenige Minuten später stand ich fröstelnd vor dem Nachtwächter. Blickte in sein ernstes Gesicht. Und musste an Tante Maud denken. Obwohl die Nase des Nachtwächters viel größer, seine Augen nicht braun, sondern dunkelblau waren und seine Haare nicht rotblond gelockt, sondern hellbraun und glatt auf die gepolsterten Schultern der dunkelblauen Uniformjacke fielen, waren es seine Augenbrauen und die Art und Weise, wie er die Stirn in Falten legte, die mich an Tante Maud erinnerten.

»Sie wissen, dass hier nachts das Schwimmen verboten ist?«, fragte er und zog ein Formular und einen quietschgelben Kugelschreiber mit der Aufschrift »Ihr Vergnügen ist unsere Freude« aus einer kleinen Ledertasche, die an einem Riemen an seinem Handgelenk hing. Dann warf er einen prüfenden Blick auf seine Armbanduhr. Trug Uhrzeit und Datum in ein dafür vorgesehenes Feld ein. Und befahl seinem zähnefletschenden Hund mit leisem, eindringlichem Ton:

»Ruhig jetzt, Laura. Sitz.«

Laura verstummte augenblicklich, legte sich flach auf den Boden und sah mich hechelnd an. Ich gut, du nicht gut, sagte ihr Blick, und ich drehte mein Gesicht beschämt zur Seite.

»Haben Sie eine Wochen-, Monats- oder Jahreskarte? Oder einen Jahrespass?«

Ich verneinte, indem ich den Kopf langsam hin und her bewegte, und während ich eine tropfende Haarsträhne aus meiner Stirn wischte, dachte ich daran, dass ich schon in wenigen Stunden in einem Flugzeug nach Guernsey sitzen würde, um von dort mit der Fähre nach Sark zu fahren. Ich. Martha Knorr. Schlaflos. Erfolglos. Kinderlos. Sehne mich danach, schwimmend in die Sterne zu sehen, weil sie mich ins Unendliche und Zeitlose hinausziehen. Und weil ich zurzeit mindestens vier Kilo zu viel habe. Die bei Tageslicht wie acht aussehen.

»Name. Adresse. Wo und wann geboren?«, fragte der Nachtwächter.

»Tiergartenstraße 56. Geboren in Berlin. Am 31. 8. 1966«, antwortete ich.

»Im Tiergarten habe ich einen Sommer lang einen Pfau bewacht«, erinnerte sich der Nachtwächter und sah für einen kurzen Augenblick in die Sterne.

»Einen Pfau?«, fragte ich.

»Ja. Er war die Attraktion und durfte sich in dem Park ganz im Gegensatz zu mir völlig frei bewegen. Wussten Sie, dass ein Pfau in der Fortpflanzungszeit von April bis August alles angreift, worin er sich spiegelt?«

»Nein«, sagte ich.

»Ich auch nicht.«

»Warum arbeiten Sie als Nachtwächter?«

»Weil ich das Tageslicht mag. Außerdem bin ich nur in der Badesaison Nachtwächter.«

»Und sonst?«

Der Nachtwächter sieht zu Laura und sagt, während er ihr Ohr krault:

»Reisen wir. Letztes Jahr sind wir mit dem Auto bis Hammerfest gefahren. Nicht wahr, Laura?«

»Bis Hammerwas?«, fragte ich.

»Hammerfest. Das ist eine Stadt in Norwegen. Auf der Insel Kvaløy. Dort geht von November bis Januar die Sonne nicht auf. Wenn sie dann zum ersten Mal wieder am Horizont erscheint, applaudieren die Hammerfester. Haben Sie schon einmal applaudiert, weil die Sonne aufgegangen ist?«

»Nein.«

»Sehen Sie. Deswegen bin ich Nachtwächter geworden.«

»Und dieses Jahr?«

»Dieses Jahr werden wir nach Oulu reisen.« Plötzlich ging der Nachtwächter ruckartig in die Knie, bog den Oberkörper nach hinten, schob seine Hüfte nach vorn und bewegte die Finger seiner linken Hand blitzschnell auf und ab, während sein Arm einer imaginären Linie folgte. Den rechten Arm hielt er so angewinkelt, dass die Hand vor seinem Bauch hing, wo sie höchst dramatisch und ohne erkennbaren Zusammenhang geschüttelt wurde. Ich starrte auf den leicht geöffneten Mund, der tonlose »A«s und »O«s formte, die so ausdrucksstark waren, dass sie eine Fliege von der Oberlippe hätten vertreiben können, und als seine Augenlider im Takt der geschüttelten Hand zitterten, überfiel mich Angst, denn Tante Maud war nun ganz und gar aus dem Gesicht des Nachtwächters verschwunden. Zum Glück hörte er genauso plötzlich wieder auf, wie er angefangen hatte, und fragte breit grinsend:

»Was war das?«

»Keine Ahnung«, sagte ich, erleichtert, dass es kein epileptischer Anfall gewesen war.

»Das war Jimi Hendrix. Auf Luftgitarre. In zwei Wochen sind die Weltmeisterschaften in Oulu, und ich werde den amtierenden Weltmeister besiegen.«

»Aha.«

Ich war sprachlos. Offensichtlich hatte ich ein völlig falsches Bild von Nachtwächtern, und um nicht wie eine Idiotin dazustehen, sagte ich:

»Waren Sie schon einmal in Las Vegas?«, und erzählte von den riesigen Wasserbassins, die viel, viel größer sind als das Sportbecken, an dessen Rand wir standen.

»Las Vegas hat meiner Sehnsucht nach dem Schweben

eine neue Dimension verliehen«, erzählte ich und erinnerte mich, wie ich nach einer durchtanzten Nacht mit Tom auf dem Dach eines Wolkenkratzers in den menschenleeren Pool gesprungen war. Unter uns Neonsterne. Über uns Himmelssterne. Wir dazwischen. Schwimmend. Schwebend. Tom hätte unsere Hochzeitsreise viel lieber nach Australien gemacht. Aber ich wollte ins krokodilfreie Las Vegas.

»Und der Name?«, beendete der Nachtwächter meinen Ausflug in die Vergangenheit.

»Las Vegas. Äh. Ich meine, Knorr. Martha.«

»Nach der Suppe? Oder dem Erfinder der Suppe?«

»Würde ich dann hier schwimmen?«, fragte ich genervt, weil ich es nicht leiden konnte, wenn meine Existenz mit einem Suppenwürfel in Verbindung gebracht wurde.

»Sie sind eine sehr gute Schwimmerin. Ihre Bestzeit ist beachtlich«, murmelte der Nachtwächter, während er mir das ordentlich ausgefüllte Formular gab und sagte: »Angst.«

»Nicht mehr«, sagte ich versöhnt und lächelte, »aber als Sie mich aus dem Wasser gefischt haben und Laura die Zähne gefletscht hat, da hatte ich große...«

»Nein«, unterbrach mich der Nachtwächter.

»Mein Name ist Angst. Adrian Angst.«

»Oh. Das tut mir leid.«

Angst lächelte verlegen, und ich ärgerte mich über meine unbedachte Reaktion und bereute, dass ich nicht auf meine innere Stimme gehört hatte und zu Hause geblieben war.

Aber jetzt, da Herr und Hund einen Namen hatten und auch Tante Maud auf seltsame Art und Weise anwesend war, wurde ich neugierig:

»Wieso kennen Sie meine Rückenschwimmrekordzeit?«

»Ich habe sie gemessen. Letzte Woche. Ich glaube, es war Mittwoch. Da waren Sie sehr schnell. Auf dem Rücken schwimmend sind Sie wirklich unschlagbar.«

»Vielen Dank. Sehr aufmerksam«, sagte ich, während ich das Handtuch vom Boden aufhob.

»Mir ist kalt. Ich werde mich jetzt umziehen.«

Angst bat mich, bevor ich ginge, noch in seinem Büro vorbeizukommen. Er wolle mir etwas zeigen.

Vor dem großen Spiegel an der Tür der Umkleidekabine drückte ich meine lockig zerzausten Haare zurecht. Nahm mir vor, meinen Rückenschwimmrekord in Sark zu verbessern. Fand, dass ich mit Kiemen und Flossen viel besser aussehen würde. Und fragte mich, ob ich eigentlich ein Fisch war. Ein Fisch auf zwei Beinen, der Sauerstoff brauchte, um zu funktionieren, aber Wasser benötigte, um glücklich zu sein. Denn nur, wenn ich täglich schwamm, war ich glücklich. Dachte ich. Und verdrängte, dass ich allein nur dann nachts schwamm, wenn ich unglücklich war.

Wenig später stand ich vor einem kleinen Raum, in dem Angst an seinem Schreibtisch wartete, und fühlte mich wie Alice im Wunderland, nachdem sie das Stück Torte gegessen hatte.

Der gesamte Fußboden war, abgesehen von den Stellen, an denen zwei Stühle, ein Tisch, ein Bett und eine Kommode mit einem Fernseher und einem Videorekorder darauf standen, mit einem dichten Eisenbahnschienennetz überzogen, und eine Lokomotive schob mehrere Waggons durch eine Miniaturlandschaft, die mich an die Sächsische Schweiz erinnerte.

»Woher haben Sie die Aufnahmen?«, fragte ich und setzte mich auf den Stuhl neben Angst.

»Das sind Bilder der Videoüberwachung. Sie erinnern mich an Norwegen.«

Die Fotos vor ihm auf dem Tisch zeigten schemenhafte Gestalten, die über Wiesen huschten. Aus Gebüschen krochen. Hinter Bäumen und Mauervorsprüngen lauerten.

»Das hinter dem Rhododendron ist Nummer drei. Er hat nur ein Bein und kommt jeden Mittwoch kurz nach Mitternacht. Die Prothese legt er immer an genau dieselbe Stelle und deckt sie mit seinem Handtuch zu«, sagte Angst und gab mir das Foto. »Und das ist Nummer fünf. Sie kommt frühmorgens und läuft wie ein Hase im Zickzack bis zu den Umkleidekabinen. Der Junge auf der Mauer war nur einmal da. Er saß lange auf dem Drei-Meter-Brett, und ich bereitete mich darauf vor, eventuell ins Wasser zu müssen, als er in seinen Kleidern ins Becken sprang. Aber er war nur unglaublich wütend und schrie, während er immer wieder mit seinen Fäusten wild auf die Wasseroberfläche schlug:

»Gut! Wenn du es unbedingt so willst! Dann kauf ich mein erstes Auto dir zuliebe in Grün!« Nachdem er sich beruhigt hatte, kraulte er einmal die fünfzig Meter hin und zurück und verschwand mit einem Sprung über die Mauer neben dem kleinen Tor im Morgengrauen.

Der Mann mit dem Lockenkopf kam ab und zu mit einer jungen Frau und schwamm wie Sie, nur auf dem Rücken. Kennen Sie sich?«, fragte Angst.

»Ich habe keine Ahnung, wer das ist«, log ich und nahm das Foto in die Hand, um es genauer zu betrachten. »Sie sind doch der Nachtwächter. Warum haben Sie ihn nicht aus dem Wasser geholt?«, fragte ich gereizt und hätte schwören können, Toms Lockenkopf und seine vom Mondlicht beleuchtete Nase neben der Kastanie zu erkennen.

»Warum sollte ich? Dem Wasser ist es doch egal, wann wer in ihm schwimmt«, sagte Angst, und während er Toms Foto zu den anderen legte, fragte ich:

»Kennen Sie die Frau, die mit dem... ich meine, haben Sie die auch aus dem Wasser geholt?«, und zeigte mit dem Finger auf den Baumstamm, weil ich vermutete, dass sie dahinter stand.

»Nein«, sagte Angst irritiert.

»Und warum haben Sie mich...?«

»Weil heute mein Geburtstag ist ... Und ... Weil ich dachte...« Angst verstummte plötzlich, und ich fing sein Schweigen auf und sagte:

»Herzlichen Glückwunsch. Warum feiern Sie denn ganz allein? Haben Sie keine Freunde?«

»Natürlich habe ich Freunde«, rechtfertigte sich Angst und erklärte, dass sein Geburtstag dummerweise in die Badesaison fällt und Privates während der Dienstzeit strengstens verboten ist.

»In Oulu wäre das ein ganz anderer Spaß. Oder in Sibirien.« Und während sein Blick die kleine Lok verfolgte, die hurtig unter dem Tisch verschwand, wiederholte ich ganz nebenbei:

»Sibirien?«

»Ja«, sagte Angst, »mein größter Wunsch ist, einmal mit der sibirischen Eisenbahn von Moskau nach Peking zu fahren. Durch endlose Wälder. Steppen. Vorbei an Kasan über das Uralgebirge nach Jekaterinburg und weiter nach Omsk. In Nowosibirsk den Ob überqueren. Über den Jenisej nach Kransnojarsk und von dort weiter nach Irkutsk zum Baikalsee. Allein auf dieser Strecke ändert sich elf Mal die Zeitzone. Achttausendfünfhundert Kilometer mit der Eisenbahn. Das sind andere Dimensionen.«

»Ich reise morgen nach Sark«, sagte ich und fühlte mich ziemlich unterdimensioniert.

»Sie meinen, heute«, korrigierte mich Angst, während er die Fotos in die oberste Schublade seines Schreibtischs packte und aufstand:

»Es ist spät. Meine Runde.«

»Ach ja. Ihre Runde...«, sagte ich und folgte ihm über die Eisenbahnschienen zur Tür, wo auch der Hauptschalter für den Trafo war. Nachdem Angst einen kleinen Hebel betätigte, blieb der Zug stehen, und als alle Lichter ausgegangen waren, berührte er Lauras Ohr mit dem Zeigefinger und befahl:

»Gib Pfötchen.«

Laura streckte mir artig ihre Pfote entgegen, und ich schüttelte ihr Hundebein und dachte daran, wie es wohl sein wird, wenn Angst in Oulu ist. Und ich in Berlin.

»Ich muss jetzt gehen«, sagte ich.

»Ja. Bald kommt Nummer fünf. Sie kommt durch die undichte Stelle hinter dem Telefonhäuschen. Da, wo die Thujen stehen.«

»Welche Nummer habe ich eigentlich?«, fragte ich, als wir vor dem Haupttor standen. Angst streckte den Daumen seiner rechten Hand in die Höhe:

»Sie sind die Nummer eins.« Dann wünschte er mir eine

gute Reise, und ich antwortete, obwohl ich im Augenblick nirgendwo lieber sein wollte als bei Angst:

»Ich kann es kaum erwarten. Viel Glück in Oulu…«

Wenig später schlenderte ich die Molnarstraße entlang. Das Formular in meiner Hand. Angst hatte nicht meine, sondern seine Daten in die blauen Felder eingetragen. Adrian Angst. Geboren am 10. 8. 1965. In Wuppertal. Und statt der Adresse las ich seine Telefonnummer. Schmunzelnd blieb ich vor der riesigen Hortensie stehen, und als ich ein Bellen hörte, drehte ich mich um und sah Angst, die aufgehende Sonne im Rücken, ganz oben auf dem Zehn-Meter-Turm. Laura neben sich.

Als sich unsere Blicke trafen, ging er ruckartig in die Knie, und sein Körper wackelte so sehr im Takt, dass seine hellbraunen Haare durch die Luft flogen. Dort oben stand der neue Weltmeister im Luftgitarrespielen. Ausdruck und Luftigkeit waren umwerfend.

7

Die Ferien werden dir guttun«, sagte Henk nur wenige Stunden später und betonte während der Autofahrt zum Flughafen, dass alles, bis auf das Verhältnis zu seiner Mutter, irgendwann gut wird. Dann erzählte er von seinem neuen Job im Admirals-Palast und dass seine Mutter sich nach all den Jahren immer noch weigerte, zu Premieren oder Vorstellungen zu kommen. Sie wollte den einzigen männlichen Erben eines Familienunternehmens, das seit mehreren Generationen Kippfenster herstellte, nicht auf einer Bühne, sondern in der Chefetage der Hannssen-Zentrale sehen. Kippfenster kamen aber für Henk beruflich auf gar keinen Fall in Frage. Ein »Hannssen-Fenster« bot einfach zu wenig Alternativen. Man konnte es klassisch öffnen. Oder kippen. Und wenn man das nicht konnte, war das Fenster kaputt. Obwohl das bei einem Hannssen-Fenster eigentlich gar nicht sein konnte.

Unverdrossen hoffte Henks Mutter, dass ihr einziger Sohn eines Tages doch noch zur Besinnung kommen würde. Das war aber genauso realistisch wie ihre Prognose, dass die Kinder, die in den Hannssen-TV-Spots, von pfeifenden Windgeräuschen begleitet, »Zieht es immer wieder rein, sollte es besser Hannssen sein« aufsagten, ähnlichen Kultstatus erreichen würden wie die Hirsche von Jägermeister.

»Ich denke nicht daran, als steppender Frosch und Litfaßsäule in Stanley Waldens Musical *Claire* zu enden, nur weil du keine Ahnung von Timing hast. Der Admirals-Palast ist ein anderes Kaliber als die kleine Bühne in Kreuzberg! Wenn du mich das nächste Mal wieder an der Stelle unterbrichst, machst du den Gag kaputt! Verstehst du das nicht?!«, sagte Henk gereizt, und Honky Tonk, der auf der Rückbank in einem Kindersitz angeschnallt aus dem Fenster sah, antwortete genervt:

»Tut mir leid, aber das sehe ich anders. Der Gag ist sowieso kaputt. Das ist ein kaputter Gag! Kaputt! Kaputt! Kaputt!«, schrie Honky Tonk, und um den Irrsinn perfekt zu machen, ergänzte ich:

»So kaputt wie ich…«

»Wie bitte?«, fragte Henk und parkte im Halteverbot direkt vor dem Flughafenterminal.

»Das war so ein Gedanke. Im Augenblick fühle ich mich wie ein Kippfenster, das man nicht kippen kann… Aber lassen wir das. Ich bin nur müde«, sagte ich.

»Ein müdes Kippfenster?«, wiederholte Henk, und sein Gesichtsausdruck verriet tiefste Verachtung.

»Eine Ermüdungserscheinung kann aber auch zu einem Bruch führen. Die Sollbruchstelle ist …«, sagte Honky Tonk.

»Bitte erkläre mir jetzt nicht, dass ich eine Sollbruchstelle habe«, unterbrach ich Honky Tonk, und Henk schlug vor, dieses unterschätzte Thema zu vertagen, weil meine Abflugzeit eine ausführlichere Diskussion über Menschen und ihre Sollbruchstellen verhindere.

»Du wirst sehen, bald bist du wieder die Alte«, sagte

Henk und küsste mich zum Abschied auf die Wange. Auf die Stirn. Und auf die Nase. Das macht er immer so. Und Honky Tonk sagte, dass ich nicht nur eine Sollbruchstelle, sondern auch ein Herstellungsgeräusch habe, und wünschte mir einen guten Flug.

Im Duty-free traf ich wenig später in der Männerkosmetikabteilung Doktor Jahn, ehemals CEO meiner Agentur. Er hatte sich, kurz nachdem ich Tom geheiratet hatte, selbständig gemacht und war jetzt Vorstandsvorsitzender und Hauptaktionär der profitablen »Jahn Brause und Backpulver AG«. Dementsprechend hatte er in Guernsey seine Segeljacht vor Anker liegen und gönnte sich ein paar Ferientage.

»Wie geht es Ihnen?«, fragte er mich zur Begrüßung und besprühte sich bestens gelaunt mit dem neuen Herrenduft von Terry Lada.

Ich besprühte einen Papierstreifen mit Toms Aftershave und log »ausgezeichnet«, bevor ich an meiner Vergangenheit roch und Doktor Jahn vorschlug, dass es höchste Zeit für eine neue Werbekampagne sei.

»Schon?«, rutschte es mir heraus.

»Wie bitte?«

»Äh. Ich meine. Schön … Ich bin in einer Woche wieder in Berlin und melde mich dann bei Ihnen.«

»Meine Assistentin und Ihr Herr Feldberg könnten ja bis dahin Termine und so weiter koordinieren …«

Doktor Jahn wusste nicht, dass mein widerlich ehrgeiziger Assistent vor kurzem zur Konkurrenz gegangen war, und ich hatte nicht vor, ihn darauf aufmerksam zu machen.

»Das ist eine gute Idee … Obwohl … Konrad … ich

meine, Herr Feldberg ... ist nicht mehr mein Assistent«, sagte ich unschuldig.

»Oh, das tut mir aber leid. Ist er zur Konkurrenz?«

»Nein... Er ist... tot. Ein Unfall... Sehr tragisch... Ein Krokodil.«

»Ein Krokodil?«, fragte Jahn und sah mich fassungslos an, während eine freundlich lächelnde Stewardess sein Ticket nahm und die Bordkarte abriss.

»Ja. In den Ferien«, sagte ich und folgte Jahn durch den Drehbalken.

»Das tut mir leid...«

»Ja«, sagte ich betroffen. »Wussten Sie, dass Krokodile pro Jahr etwa zweitausend Menschen töten?«

»Ich hatte keine Ahnung! Ich habe gehört, dass man, um aus dem Maul eines Krokodils zu kommen, beide Daumen in seine Augen drücken soll...«

»Interessant. Ich bin sicher, Herr Feldberg hat bis zuletzt gekämpft. Aber es war wohl ein sehr großes Krokodil.«

»Der arme Mann. Gibt es ein Begräbnis?«, fragte Jahn und ließ mir den Vortritt in die gläserne Verbindungsröhre zum wartenden Flugzeug.

»Es gibt so gut wie keine Überreste.«

»Wie schrecklich. Ich meine ... Die Vorstellung, durch den Verdauungstrakt eines Krokodils als ein Häufchen...«

»Krokodilscheiße«, unterbrach ich und genoss die Vorstellung, während Jahn sich angewidert abwandte und: »Ersparen Sie mir Details. Melden Sie sich einfach, wenn Sie wieder in Berlin sind«, sagte, bevor er das Flugzeug betrat und von der Stewardess ein Bonbon geschenkt bekam. Dann wünschten wir uns schöne Ferien, und als ich mich gefühlte zweihundert Reihen hinter Jahn auf meinen Sitzplatz fallen ließ, beneidete ich die kleine Fliege, die vor dem Fenster auf und ab flog, um ihre Freiheit. Tom hatte Angst vor dem Fliegen und dachte vor jedem Flug, dass es sein letzter sein würde. Er hatte kalte Füße und Hände. Trommelte mit den Fingern. Sah sich andauernd um. Hatte einen trockenen Mund. Und wenn er dann endlich etwas zu trinken bekam, verschüttete er die Hälfte. Was, wenn das Flugzeug abstürzt. Wenn der Pilot einen Fehler macht. Das Flugzeug in der Luft explodiert. Die Motoren aussetzen. Er malte sich aus, wie eine Tragfläche abbricht oder ein Triebwerk ausfällt und er völlig tatenlos zusehen muss, wie die Maschine mit höllischer Geschwindigkeit auf die Erde zurast. Am Boden zerschellt. Und alle Passagiere überleben. Nur er nicht.

Meine allergrößte Sorge war genau umgekehrt. Übrigzubleiben. Verschmäht. Verlassen. Vergessen. Und während der Pilot eine Schleife über Berlin flog, dachte ich an Angst. Könnte er der Vater meiner Kinder sein? Martha Angst. Knorr-Angst. Nur Knorr. Ohne Angst. Und bestellte einen Whisky. Atmete tief ein. Und fragte mich, während ich die kleine Fliege, die bewegungslos auf dem Fenster saß, beobachtete, ob es Fliegen gibt, die Angst vor dem Fliegen haben und deswegen den Flieger nehmen.

»Verzeihen Sie... aber diese Fliege... die saß auch schon in der Abflughalle ganz in Ihrer Nähe.«

Überrascht sah ich zu meinem Sitznachbarn und antwortete nach einem kurzen Blick auf meine Fliege:

»Sind Sie sicher, dass es dieselbe Fliege war? Es gibt doch unzählige Fliegen.«

»Ja … Verstehen Sie mich nicht falsch. Ich möchte nicht den Eindruck erwecken, als ob ich Sie beobachten würde. Darf ich mich vorstellen: Georg Bautzner.«

»Wie der Senf?«, fragte ich und hätte mich am liebsten geohrfeigt, weil ich gerade das getan hatte, wofür ich andere nicht ausstehen konnte.

»Ja«, antwortete Bautzner gelassen.

»Beneidenswert.«

»Finden Sie?«

»Nein. Ich meinte nicht Ihren Namen. Ich heiße Knorr. Martha Knorr.«

»Wie der Suppenwürfel?«

»Würde ich dann Economy fliegen?«, reagierte ich gereizt und sagte nach einem kurzen Blick auf die Fliege:

»Sind Sie sicher, diese Fliege in der Abflughalle beobachtet zu haben? Eine Fliege sieht doch aus wie die andere.«

»Vermutlich sehen Fliegen das ganz anders. Aber ich muss Ihnen recht geben. Wahrscheinlich habe ich in einem Augenblick der Unachtsamkeit den Fliegenwechsel übersehen, und es ist purer Zufall, dass jetzt wieder eine Fliege an Ihrer Seite ist. Fliegen Sie das erste Mal nach Guernsey?«

»Ja.«

»Ferien?«

»Ja. Und Sie?«

»Ich reise zu einem Wochenendseminar für gestresste Manager.«

»Mit der Hand Forellen fangen? Beeren essen? In der Wildnis schlafen? Sich für ein Stündchen in einer Kiste begraben lassen, um die Angst vor dem Nichts zu besiegen.«

»So ähnlich. Wir treffen uns auf einer Segeljacht, und ich

arbeite mit kleinen Plastefiguren. Schaf, Dinosaurier, Affe, Tiger, Delphin, Hund, Katze, Maus, Hase, Schlange und zähnefletschender Wolf. Was immer Ihnen spontan einfällt.«

»Und dann?«

»Suchen Sie sich ein Tier als Stellvertreter aus. In Berlin gab es einen Gorilla, einen Bären, ein Lama und einen Fuchs.«

»Was war mit dem Lama?«

»Es hatte Angst vor der Zukunft mit seiner Ehefrau und wollte lieber allein sein.«

»Und? Ist Lama jetzt allein?«

»Ja. Jetzt ist Lama ein Tiger.«

»Aha...«, sagte ich interessiert und widerstand der Versuchung zu fragen, ob Lama zufällig Tom hieß.

»Versuchen Sie es doch mal«, schlug Bautzner vor.

»Ich bin doch nicht... Ich meine... es geht mir doch gut, oder?«

»Das fragen Sie mich?«

»Ja.«

»Also, auf mich machen Sie einen etwas nervösen Eindruck.«

»Was war denn die Frau von dem Mann... dem Lama... ich meine, dem Tiger, für ein Tier?«, frage ich so beiläufig wie möglich.

»Ein Gorilla«, sagte Bautzner.

»Oh. Ich wäre ein Albatros«, sagte ich wie aus der Pistole geschossen und fragte, ob es den Albatros auch als Plastefigur gibt.

»Nein, den gibt es nicht als Plastefigur«, antwortete

Bautzner nach einer kurzen Pause und machte sich eine kleine Notiz.

»Schade«, bedauerte ich. »Und warum verwenden Sie Tiere?«

»Weil sie ideale Projektionsflächen sind.«

»Geben wir deswegen geliebten Menschen Tiernamen?«

»Wie bitte?«

»Na, Mäuschen... Häschen... Bärchen... Vögelchen. Sie wissen schon... Tiernamen.«

Bautzner schielte heimlich auf seine Armbanduhr, sagte:

»Das sind Verkleinerungsformen, die uns in Sicherheit wiegen sollen«, und klingelte nach der Stewardess.

»Haben Sie schon einmal ›Nashörnchen‹ oder ›Walfischchen‹ gehört?«, wollte ich wissen und kippte versehentlich etwas Whisky in meine Handtasche.

»Nein. Das lässt sich nicht verkleinern. Löwe lässt sich auch gar nicht verniedlichen. Löwelchen. Löwchen. Ich nenne meine Frau Pümmelchen.«

»Pümmelchen?«, wiederholte ich.

»Ja. Weil sie...«, Bautzner sah mich verstört an, räusperte sich, beendete abrupt seinen Erklärungsversuch und fragte irritiert:

»Sind Sie sicher, dass Sie ein Albatros sind?« Und nachdem wir zwei Fläschchen Sauvignon Blanc in uns hineingekippt hatten, erzählte ich hoch über den Wolken, die Fliege im Blick, von Tom und von meiner Angst, ohne Mann und ohne Kinder zu vereinsamen. Ich hatte es bisher nicht geschafft, ewas Bleibendes zu hinterlassen, und jetzt war auch noch meine Karriere gefährdet, weil mein berufliches Glück vom Erfinden verschiedenster Unwahrheiten abhing, ich persönlich aber nur glücklich werden konnte, wenn ich aufhörte, mir und anderen etwas vorzumachen.

»Hören Sie, wie meine Uhr tickt?«, sagte ich kurz vor der Landung.

»Ich denke, Sie leiden unter einem Trennungsschock«, diagnostizierte Bautzner und gab mir seine Visitenkarte. »Tun Sie sich ewas Gutes. Gönnen Sie Ihrer Seele etwas mehr Aufmerksamkeit…«

»Trennungsschock?«, fragte ich. »Wie sind die Symptome?«

»Die können sehr unterschiedlich sein. Schlafstörungen. Kopfschmerzen. Das Gefühl der Ausweglosigkeit. Sie verbergen Ihre wahren Gefühle vor sich selbst und den anderen. Damit sollten Sie aufhören.«

»Und wie stellen Sie sich das vor?«, fragte ich und sah aus dem Augenwinkel die kleine Insel Guernsey mitten im Wasser auftauchen.

8

Meine Unterarme auf der Reling verschränkt, betrachte ich Mauds sanft geschwungene, dichte Augenbraue, die auf der mir zugewandten Seite etwas nach oben zeigt, wodurch immer ein kleines Zögern in ihrem Blick liegt und eine kleine Verwirrung hinterlässt, was ganz im Sinne der Betrachteten ist, und sehe in der geraden Nase und der schmalen, bogenförmigen Oberlippe die große Ähnlichkeit zu Großvater.

»Du siehst gut aus, Tante Maud«, beginne ich die Reise unverfänglich. Maud dreht ihren Kopf langsam in meine Richtung, rückt die Sonnenbrille zurecht und antwortet, nachdem sie einmal tief durch die Nase eingeatmet hat:

»Martha, dass ich immer noch gut aussehe und nicht die Radieschen von unten zähle, ist ein kleines Wunder. Was um alles in der Welt ist euch eingefallen, mich in ein Altersheim zu bringen? Noch dazu in eines, in dem ich nicht aufs Dach klettern kann. Dieses Luxus-Schließfach, in dem ich auf mein Ende warten soll. Unfassbar, wie das Sterben heutzutage enttabuisiert wird. Als ich zur Welt kam, war der Tod allgegenwärtig und ein wirkliches Tabu. Aber sogar du hast so wenig Respekt vor dem Tod, dass er für dich nicht mal mehr zum Tabu taugt. Ich lebe in einer Zeit, in der abgelebt, aber nicht mehr anständig gestorben wird, und kann nicht glauben, dass dem Tod dasselbe Schicksal winkt wie dem Eros. Erst die Liebe. Und jetzt der Tod. Weißt du, dass es seit kurzem den ersten Privatfriedhof gibt? In Bayern. Sie nennen es einen Ort lebendiger Sterbekultur. So ein Werbe-Quatsch! Das könnte von dir sein.«

»Was stört dich daran?«

»Es stört mich, dass es nicht mehr um die Toten, sondern die Selbstinszenierung der Lebenden geht. Versprich mir, dass du mich in Ruhe und Würde sterben lässt. Am liebsten nachts. Auf einem Dach ... Und verschon mich mit einer Probebeerdigung!«

Maud hält ihren Kopf so gesenkt, dass ihre Augen über den oberen Rand ihrer Brille in mein Gesicht sehen, und sagt nach einer kleinen Pause, die entsteht, weil ich mich weigere, ihren Blick zu erwidern:

»Wie geht es dir? Und wieso schickst du mir Orchideen ins Altersheim, obwohl du weißt, dass ich diese Blumen nicht ausstehen kann?« Ich antworte schließlich, immer noch, ohne Maud anzusehen:

»Ich fühle mich, als wäre ich auf dem Mond, und ich dachte, du magst Orchideen.«

»Quatsch. Amalie mochte Orchideen. Ich mag Pfingstrosen. Und wie willst du denn wissen, wie es auf dem Mond ist? Du warst doch noch nie auf dem Mond.«

»Aber genau so fühle ich mich. Als ob ich nicht da gewesen wäre.«

»Wie soll ich das verstehen? ›Da‹ ist kein Ort und kein Zustand. ›Da‹ ist, wo du ...«

Maud nimmt ihre Sonnenbrille ab, hält ihre zartgliedrige Hand zum Schutz gegen die grelle Sonne über die Augen, und nur wenige Strähnen ihrer immer noch dichten weißen Haare, die sie unter ihrem Seidentuch zu einem Knoten hochgesteckt hat, tanzen im Fahrtwind.

»... hingehörst? Ich gehöre nirgendwohin. Ich bin eine verlassene Ehefrau Anfang vierzig und habe das Gefühl, alles zu kennen ... Und alles schon einmal gehört und gesehen zu haben.«

»Martha, es ist unmöglich, zweimal in den gleichen Fluss zu steigen. Du und der Fluss seid stets ein anderer.«

Ich wickle meinen breiten Wollschal einmal mehr um meinen Hals, stecke die beiden Enden in das Revers meiner Lederjacke und sage, während wir an der kleinen Insel Jethou vorbeifahren:

»Ich will aber nicht in einen Fluss steigen«, und verschränke die Arme vor meinem Bauch. »Ich will einen Punkt finden, an dem ich ankommen kann.«

»Das ist unmöglich, Martha. Die deinem Ichbewusstsein zugrundeliegenden Gefühle, Gedanken und Erinnerungen laufen in unterschiedlichen Bereichen deines Gehirns ab. Alles, was du denkst, ist Fiktion. Dein Gehirn ist ein Geschichtenerzählwerk und dein Ich eine endlose Geschichte. Warum sehnst du dich nach einem langweiligen Punkt? Ich weiß nicht, von wem du diesen Punkt hast? Von mir nicht. Und dein Großvater, Gott habe ihn selig, und man möge von ihm denken, was immer man will, kam nie auf den Punkt! Er kam auf die Welt, begann einen nicht enden wollenden Satz und treibt mich noch heute in den Wahnsinn, weil er gestorben ist, ohne diesen Satz zu beenden. Sein letztes Wort war: ›... weil.‹ Was ist das für ein schreckliches letztes Wort. Weil ... Weil was?! Nenne es beim Wort. Du sehnst dich nicht nach einem Punkt, sondern nach einem Mann. Punkt.«

Mauds kleine blaue Augen funkeln über den Brillenrand und verfangen sich in meinem fragenden Blick.

»Ich muss wenigstens das Gefühl haben zu wissen, wo ich hingehöre …«, sage ich und denke an Kladow. Als Großvater im letzten Jahr starb und Amalie ihm wenige Monate später folgte, haben meine Eltern das Haus verkauft, um eine Ferienwohnung zu finanzieren.

»Ich hätte Kladow behalten«, sage ich leise und sehe auf das dunkelblaue Meer. »Das hätte ein Punkt in meinem Leben werden können. Ein Fixpunkt.«

»Ein Punkt hat die Dimension null. Danach sehnst du dich?«, lässt Maud nicht locker.

»Für dich ist ein Punkt vielleicht langweilig. Aber für mich ist es egal, welche Dimension ein Punkt hat. Ich denke ja auch nicht wie du darüber nach, ob mein Leben im Zentrum des Universums stattfindet oder bloß in einer abgelegenen dreidimensionalen Tasche, die ein Teil eines höherdimensionalen Kosmos sein könnte.«

»Erinnerst du dich noch an den Abend, als wir, kurz nachdem Tom verschwunden war, auf dem Dach der Garage lagen? Du musstest husten, und ich fragte dich, ob dir kalt sei, und du hast die dümmste Ausrede verwendet, die ich je gehört habe.

»Und die war…?«, frage ich.

»Du sagtest: ›Es geht mir gut. Ich glaube, ich habe nur ein wenig Dunkelheit verschluckt.‹… Martha, hör auf, dir andauernd etwas vorzumachen. Und deine Gefühle zu verschlucken.«

»Ich mache mir nichts vor. Ich versuche nur, nicht den Verstand zu verlieren, weil ich mich seit Tagen frage, ob einsam und verlassen zu sterben erbärmlich ist oder ob mein Tod der Höhepunkt meines erbärmlichen Überlebensversuches ist.«

»Denkst du wieder darüber nach, wie dein Begräbnis aussehen könnte?«, fragt Maud amüsiert und erzählt, dass 1973 der schwedische Süßwarenfabrikant Roland Ohisson von Falkenberg in einem Sarg aus reiner Schokolade beerdigt wurde.

»Wie findest du das?«

»Mach dich nicht lustig. Woher nimmst du deine Energie und diesen Galgenhumor?«

»Du lebst in einem Galgenhumoruniversum! Selbst ein perfektes Vakuum ist kein völlig leerer Raum. Das Quantenvakuum ist ein brodelnder See aus ständig auftauchenden und wieder verschwindenden virtuellen Teilchen, die dank des Unbestimmtheitsprinzips existieren und nur für einen extrem kurzen Augenblick als Paar in die reale Welt entkommen können. Am Abgrund schwarzer Löcher kann es jedoch passieren, dass eines dieser geisterhaften Teilchen in den Schlund hineinfällt, während das andere entkommt. Noch Fragen zum Galgenhumor? Ich kann dir nur raten, dich nicht mehr ›en détail‹, sondern ›en gros‹ zu verlieben.«

»Sprichst du von Liebe oder von Lebensmitteln«, frage ich genervt, und Maud legt ihren Kopf an meine Schulter und sagt liebevoll:

»Mach nicht so ein trauriges Gesicht. Was stört dich? Dein verkorkstes Leben?«

Es ist völlig sinnlos, mit Maud ein Gespräch über die

Liebe zu führen, ohne in irgendeinem schwarzen Loch zu enden. Anderseits kenne ich keinen Menschen, der so unglaubliche Geschichten erzählen kann, und so dauert es nicht lange, und Maud erzählt von einer Frau, die 1976 in Los Angeles im Beisein von zwanzig Gästen einen fünfzig Pfund schweren Felsen geheiratet hatte. Ob die Ehe mit dem Felsen glücklich war oder geschieden wurde, war nebensächlich und unwichtig, denn wer einen Felsen heiratet, hat sowieso eine sehr spezielle Vorstellung von Glück. Und eine Objektophilie. Zuvor war Maud auf der Hochzeit von Eija-Ritta gewesen. Die hübsche Schwedin hatte sich in den 60er Jahren Hals über Kopf in die Berliner Mauer verliebt und sie 1979 geheiratet, weil sie von der ewigen Liebe träumte. Seitdem trägt Eija-Ritta den Nachnamen »Berliner Mauer«.

»Die Berliner Mauer gibt es aber nicht mehr«, sage ich.

»Siehst du«, sagt Maud, und während am Horizont ein länglicher Strich auftaucht, der Sark sein könnte, frage ich mich, warum ich mich in einer Welt, die auf mein Dasein nur vage und sich zum Teil widersprechende Antworten hat, nach Wahrheit sehne, obwohl mein Leben einfacher funktioniert, wenn ich lüge. Warum reagiere ich nach wie vor irritiert, obwohl ich weiß, dass andauernd gelogen wird?

Als Sepp damals nicht aus der Zauberkiste sprang, führte mein Vater auf der Suche nach der Wahrheit lange Zwiegespräche mit dem heiligen Franz von Assisi und spendete größere Summen an die Kirchengemeinde in Tutzing, was dazu führte, dass ich, obwohl ich protestantisch war, zum Kommunionsunterricht gehen musste. Ich versuchte, dem katholischen Bild einer gläubigen Märtyrerin so gut es ging zu entsprechen, und bereitete mich darauf vor, Jesus zu essen. Pater Pius hatte im Religionsunterricht erklärt, dass Jesus essen heißt, ihn zu verstehen, und er, sobald wir ihn verstehen, ganz automatisch verzeiht.

Meine Mutter zweifelte an diesem vollautomatischen Weltbild. Sie sagte, was der Mensch nicht versteht, das nimmt er in den Mund, und hielt einen Vortrag über Sexualität und das vertrackte Frauenbild der heiligen Maria.

Ich aber konnte an nichts anderes denken als an diesen armen gekreuzigten Jesus, der in einer Hostie lebte. Er war drin in dieser Hostie. Und er war überall. Und weil ich die Zehn Gebote auswendig gelernt hatte und jetzt etwas damit anfangen musste, fühlte ich mich zum ersten Mal so richtig schuldig.

»O Herr, vergib uns unsere Sünden, denn wir wissen nicht, was wir tun«, beteten wir im Chor. Meine Freundin Sina wollte Jesus so sehr mit Spucke einweichen, dass er sich auflöste. Sie wollte ihn sozusagen ertränken. Ich ließ sie in dem Glauben, dass ein Jesus ertrinken kann, und erzählte Großvater davon, der vorschlug, die Hostie zu zerbeißen, weil auch Jesus nicht zweimal sterben kann.

Die Antwort überzeugte mich, linderte aber nicht meine trüben Zukunftsaussichten: Kommunion, Hochzeit, Begräbnis. Die unbeschwerten Tage waren gezählt, und ganz nebenbei wurde ich auch noch zu einer Kannibalin.

Am liebsten hätte ich zu Pater Pius gesagt, dass ich nichts getan habe, was sich nummerieren lässt … und dass ich zwei, drei und acht sagen werde, obwohl das eine Lüge ist … Und dann wollte ich noch sagen, dass ich es viel schlimmer finde, jemanden zu essen, als zu lügen … Ich konnte einfach nicht verstehen, warum jemanden essen keine Sünde ist. Und keine Nummer hat.

Pater Pius kam mit dem Kelch, in dem die Hostien lagen, immer näher, und wenig später klebte das kreisrunde Gesicht unendlicher Güte an meinem Gaumen und schmeckte nach Sauerteig. Und da kam mir die rettende Idee. Ich rollte Jesus wie einen Teppich vor dem Umzug. Drehte ihn längs zur Speiseröhre. Und schluckte ihn. Was für eine Wahrheit.

9

Weit draußen auf dem offenen Meer tragen die Wellen weiße Schaumkronen und donnern mit solcher Wucht an die französische Küste, dass ich trotz der großen Entfernung sehen kann, wie die Gischt weit auf die hohen Felsen springt. Maud mag das Schaukeln des Schiffes, während ich jedes Mal, wenn die Fähre über den Wellenkamm nach unten fällt, von Schwindel geplagt ein drückendes Gefühl in der Magengegend verspüre.

»Kommst du mit in den Passagierraum?«, frage ich. »Mir ist es an Deck zu windig.«

Maud holt eine kleine Packung Cracker und ihren Reiseregenmantel aus ihrer Handtasche, und nachdem sie die ausladende dünne Plastikhaut über ihren Trenchcoat und das Kopftuch gezogen hat, gibt sie mir die Kekse und sagt:

»Langsam kauen. Das hilft.«

»Nicht nötig. Es geht mir gut.«

»Du bist hellgrün im Gesicht.«

»Weil ich friere.«

»… und zu viel Dunkelheit verschluckt hast? Warum sagst du nicht, dass es dir nicht gutgeht?«

»Wenn ich ausspreche, dass es mir nicht gutgeht, kann ich mir nicht mehr vormachen, dass es gar nicht so schlimm ist.«

»Darf ich dich daran erinnern, dass es im Leben nicht darum geht, sich etwas vorzumachen…«

Ich stecke die Cracker in meine Jackentasche und sage: »Gut. Ich muss jetzt gehen. Mir ist übel.«

»Geht doch …«, sagt Maud, während sie ihre Kapuze festzieht, und ich bitte sie, sich gut an der Reling festzuhalten, damit sie nicht über Bord geweht wird.

Wenig später sitze ich vor dem Panoramafenster und lasse Maud und den Horizont nicht aus den Augen. In der Fensterscheibe spiegelt sich ein älterer Herr, der neben mir sitzt, und als der Horizont über seine Stirn auf das kantige Kinn wandert, treffen sich unsere Blicke. Es fällt mir schwer, sein Alter zu schätzen, denn die dichten weißen und vom Wind zerzausten Haare, die lässig auf den hochgeklappten Kragen seiner dunkelgrünen Barbour-Jacke fallen, verleihen seinem Aussehen etwas Jugendliches. Zeitloses.

»Langsam kauen und den Horizont nicht aus den Augen lassen. Sobald Sie wieder festen Boden unter den Füßen haben, wird es besser«, sagt er und sieht mich freundlich an.

»Vielen Dank. Ich hoffe, die Cracker können verhindern, dass mein Magen den Rückwärtsgang einlegt«, antworte ich dem Spiegelbild.

»Entspannen Sie sich, und versuchen Sie an etwas anderes zu denken. Die Angst vor dem Erbrechen peitscht die Hormone in die Höhe, die für die Übelkeit verantwortlich sind. Ich weiß, wovon ich spreche. Ich war fünfundzwanzig Jahre alt, als ich aus Liebeskummer auf einem Frachter anheuerte, ohne zu ahnen, dass daraus dreißig Jahre auf hoher See werden würden. Heute bringt mich auch ein Sturm am Kap der Guten Hoffnung nicht mehr aus der Ruhe.«

»Und Liebeskummer?«

»... das ist lange her.«

Ein paar hundert Meter vor dem Schiffsbug öffnet sich die geschlossene Wolkendecke, und ein Sonnenstrahl wirft einen magischen Punkt auf die Meeresoberfläche. Dieses wunderschöne Bild könnte mich ablenken. Wären da nicht die wenigen dem Wind trotzenden Passagiere an Deck, die pausenlos über die leicht gekrümmte Linie des Horizonts wandern. Auf und ab. Auf und ab. Ein Border Collie läuft mit hocherhobenem Kopf an der Reling entlang. Hin und her. Und beobachtet das aufgeregte Treiben der über dem Bug kreisenden Möwen.

»Gehört der Hund dem Kapitän?«, frage ich und biete meinem Nachbarn einen Cracker an.

»Das ist Chuck. Er kommt jeden Tag auf die Insel und fährt mit der letzten Fähre wieder nach Guernsey.«

»Und wem gehört Chuck?«

»Er gehörte Eloïse Fleur. Sie war aus Guernsey und traf sich auf Sark heimlich mit ihrem Liebhaber. Doch eines Tages kam nur noch Chuck ... Darf ich mich vorstellen: Alistair Talbott.«

Als Alistair Talbott meinen Namen hört, lächelt er höflich, fletscht nach einer kurzen Pause die Zähne, knurrt ein tiefes, rollendes »Knrrrr« und sagt: »Funny name!«

»Very funny«, antworte ich enttäuscht und ärgere mich einmal mehr, dass mir in diesem Zusammenhang jegliche Gelassenheit fehlt.

Toms Familienname ist Heinz. Wie das Ketchup. Als wir heirateten, habe ich mich dazu entschieden, bei der Suppe zu bleiben, weil ich nur in Europa, Tom aber weltweit in den Supermarktregalen steht. Tom hätte sich Heinz-Knorr gewünscht. Aber das kam für mich nicht in Frage. Ich blieb Knorr. Tom blieb Heinz. Und dass wir im Supermarkt im gleichen Gang zu finden waren, hatte etwas Verbindendes. Auf die Idee, Knorr mit Hundeknurren in Zusammenhang zu bringen, wäre ich allerdings niemals gekommen. Um das Thema zu wechseln, frage ich, ob Alistair Talbott seine Ferien auf Sark verbringt.

»Nein, oder – wenn Sie so wollen – ja, ich bin auf Sark geboren, und es gibt für mich kein schöneres Fleckchen Erde auf dieser Welt.«

»Es scheint nicht sehr viel Erde zu sein«, sage ich mit Blick auf eine längliche Insel, die am Horizont auftaucht.

»Sark ist mit etwa fünf Quadratkilometern die kleinste der vier großen Kanalinseln. 580 Einwohner und zwei ehrenamtliche Polizisten. Es ist nicht viel los auf Great Sark und Little Sark, die durch den Grat La Coupée miteinander verbunden sind.«

»Und das Wetter?«

»Ähnlich wie in Devon und Cornwall. Mit einem Hauch Riviera. Der warme Golfstrom sorgt für beinahe subtropisches Klima, und es blüht und grünt fast das ganze Jahr«, sagt Alistair Talbott und empfiehlt, auch bei bedecktem Wetter einen Regenmantel zu tragen, weil eine Art Wasservorhang dafür sorgt, dass ich spätestens nach zwei Minuten außer Haus triefend nass sein würde.

»Wasservorhang …«, wiederhole ich, völlig ahnungslos, was das sein könnte, und sage so übertrieben positiv, dass es sich beinahe hysterisch anhört: dafür gibt es keine Autos. Keinen Strom. Und keinen Asphalt.«

»Und Sie können nirgendwo idyllischer mit dem Fahrrad oder der Pferdedroschke fahren.«

Dann wechselt Alistair Talbott ins Reich der wilden Tiere, das sich auf Kaninchen, Gartenspitzmäuse und Ratten beschränkt, weil es auf Sark weder größere Reptilien noch größere Säugetiere gibt.

»Handys, Internet und Fernsehen gibt es aber...?«, frage ich vorsichtig, und Alistair Talbott sieht in den wolkenverhangenen Himmel:

»Wenn das Wetter es zulässt... und der Wind nicht zu stark von West weht. Bei schlechtem Wetter können Sie aber herrlich schlafen, lesen oder stundenlang wandern.«

Ohne zu ahnen, dass sich meine Chance auf eine Depression soeben um ein Dreifaches erhöht hat, schwärmt Alistair Talbott von den bizarren Felsformationen, die in Vollmondnächten gespenstisch an die verlorenen Seelen längst verstorbener Piraten erinnern. Warnt vor einem unvorsichtigen Schritt, der auf den hohen Klippen in den Tod führen könnte. Und schlägt vor, unbedingt die zahlreichen Höhlen zu besichtigen.

»Gigantische Felskathedralen, in die Sie Hunderte von Metern hineingehen können!«

»Muss ich?«, rutscht es mir heraus.

»Nein, natürlich nicht. Sark ist auch ein Vogelparadies.«

»Ich mag Vögel nicht besonders.«

»Warum nicht?«, fragt Alistair Talbott überrascht.

»Sie sind schwer zu fotografieren, ich kann mit einem Vogel nicht spazieren gehen, und mit ins Bett nehmen kann ich ihn auch nicht. Vögel sind im Vergleich zu Hunden oder Katzen nicht marktrelevant. Verstehen Sie?«

»Ich verstehe nicht. Warum denken Sie, dass Sie mit einem Vogel ins Bett gehen müssen?«, fragt Alistair Talbott interessiert.

»Das ist so ein Bild. Ein Vogel hat nichts Weiches. Nichts, das ich berühren möchte... Außerdem genügt eine unvorsichtige Bewegung, und ich würde ihn verletzen ... Ein Hund ist robust, anschmiegsam und versteht meine Sprache. Aber ein Vogel? Kennen Sie einen Vogel, der sich setzt, wenn Sie ›sitz!‹ sagen... Oder an Ihrer Seite flattert, wenn Sie ›bei Fuß!‹ sagen?«

»Nein. Aber ich weiß, dass Vögel durchaus robust sind und eine eigene Sprache haben. Viele Sprachen haben. Sie erzählen von Liebe und Hass. Von Gier und Angst. Von Schönheit und Leidenschaft. Hören Sie die Möwen über der Bugwelle? Das sind Schwarmrufe. Damit halten sie Kontakt zueinander.«

Leichthändig zeichnet Alistair Talbott ein paar Striche auf ein Papiertaschentuch und sagt:

»So in etwa sieht das Sonagramm einer Möwe aus.«

»Einer englischen Möwe?«, frage ich völlig ahnungslos und halte das Taschentuch verkehrt herum.

»Das ist spannend«, findet Alistair Talbott.

»Was ist spannend?«, reagiere ich irritiert.

»Das, was Sie soeben gesagt haben. Wussten Sie, dass der Hahnenschrei in Deutschland mit ›Kikeriki‹ und in England mit ›Cock-a-doodle-doo‹ beschrieben wird.«

»Nein, das wusste ich nicht. Ehrlich gesagt glaube ich auch nicht, dass es wichtig ist, so etwas zu wissen.«

»Oh doch! Umwerben. Verzaubern. Betören. Darum geht es. Auch bei den Vögeln!«

Alistair Talbott muss laut lachen, und während er seine Adresse unter das Sonagramm schreibt, denke ich an meinen Vater, der jedes Mal, wenn er auf einem Flughafen war, wildfremde Menschen angesprochen hat, um herauszufinden, warum der beliebte japanische Witz: *»Da sind zehn Ameisen. Und danke!«* einem westlichen Zuhörer wohl für immer verschlossen bleiben wird. Dummerweise war er Alistair Talbott nie begegnet. Dessen Humor scheint mir sehr japanisch zu sein.

»Wo warst du?«, fragt Maud, als ich wieder bei ihr an der Reling stehe.

»Ich habe deine trockenen Cracker gegen meine Seekrankheit gegessen und Alistair Talbott kennengelernt. Er hat uns morgen Abend zum Essen eingeladen.«

»Wie reizend«, findet Maud, und ich weiß wenige Sekunden später, was ein Regenvorhang ist, denn plötzlich und ganz ohne Regen bin ich so triefend nass, dass meine Augenlider unter dem Gewicht der wassergetränkten Wimperntusche ganz schwer werden.

»Den Blick gesenkt, in Plastik gehüllt mit Ratten und Mäusen über Wiesen und Felder zu wandern... Ist es das, was dich an dieser Insel so fasziniert?... Von einem Regenvorhang war auch nie die Rede, als wir telefonierten«, sage ich vorwurfsvoll, und während Maud findet, dass ich wegen dem bisschen H_2O übertreibe, tippe ich eine SMS an Henk, weil ich so schnell wie möglich und koste es, was es wolle, wasserfestes Make-up, Gummistiefel, einen halbwegs schicken Regenmantel mit passendem Hut und ein Haar-Glätteisen Afro-Haar-Stufe 3 benötige.

Dummerweise gibt es keinen Netzempfang. Und so

bleibt mir nur die wehmütige Erinnerung an längst vergangene Tage. Als ich eine unerschrockene Revolverheldin sein wollte. Wild. Angstfrei. Und unzuverlässig. Wie Calamity Jane. Und ich frage mich, wann und warum ich eine Drei-Wetter-Taft-Konsumentin geworden bin.

Neben mir landet eine Möwe auf der Reling und läuft wenige Schritte auf dem Metall, bevor sie wieder abhebt, um sich mit einer anderen Möwe in ein abenteuerliches Flugmanöver zu stürzen, in dem es offensichtlich darum geht, eine dritte Möwe zu beeindrucken. Das klickende Geräusch erinnert mich an die kurzen, eiligen Schritte meiner Großmutter, die durch das Haus hallten, weil die Absätze ihrer zierlichen Pantoletten mit Eisen beschlagen waren. Die rosaroten Satinschühchen mit Kükenflaum-Pompom waren ein Hochzeitsgeschenk ihrer Schwester und wurden von Großmutter jahrzehntelang nur im Schlafzimmer und auf dem Weg von dort ins Bad und wieder zurück getragen. Als Großvater alt und gebrechlich war, Großmutter aber immer noch in ihre Pantoletten passte, machte sie ihrem Mann zuliebe den einen und anderen überflüssigen Schritt, und Großvater schloss die Augen und lächelte – »klick-klack, klick-klack« – in die Vergangenheit.

»Klick. Klack«, sage ich leise, und Maud sieht mich verwundert an:

»Wie bitte?«, fragt sie erstaunt.

»Großmutters Pantoletten«, sage ich.

»Ach ja ... Jetzt, wo du es sagst.« Maud verdreht ihre Augen, weil sie mit Pantoletten noch nie etwas anfangen konnte, und sagt, dass sie bei diesem Geräusch an Photonen denken muss, die wie winzige Geschosse durch den Raum sausen und wenn sie auf einen Detektor treffen, durch ein »Klck-klck-klck« hörbar werden.

»Sage ich doch. Großmutter war auch ein winziges Geschoss. Auf und ab. Hin und her. Immerzu. Jeden Tag.« Und dann erzähle ich von Großmutters List und Toms Liebesbriefen:

»Amalie und Gustav hätten sich auch ohne diese Briefe niemals getrennt. Weil sie gar keine andere Vorstellung von ihrem Leben hatten. Sie wären nur anders zusammengeblieben. Tom aber hätte sich trotzdem von dir getrennt«, sagt Maud.

»Und warum?«

»Weil eure Erwartungen an das Glück auf einem verhängnisvollen Irrtum basierten.«

»Und der wäre?«, frage ich und will die Antwort eigentlich gar nicht hören.

»Der Glaube, dass Glück etwas mit dem perfekten Zeitpunkt zu tun hat. Erst war Tom nicht erfolgreich genug, um eine Familie zu ernähren. Dann hat er zu viel gearbeitet, um Zeit für eine Familie zu haben. Dann wollte er ein Kind, aber du wolltest noch warten, weil du gerade die Karriereleiter hochgeklettert warst. Und als der Zeitpunkt für dich perfekt war, um Kinder zu bekommen, war für Tom die Zeit bereits abgelaufen.«

»Aber es gibt den perfekten Zeitpunkt.«

»Es gibt eine Vorstellung und eine Idee von unserem Leben, die uns denken lässt, dass etwas gerade zu einem bestimmten Zeitpunkt geschehen muss. Oder nicht.«

Als die Fähre pünktlich im Hafen von Maseline anlegt und die Möwen aufgeregt an Land fliegen, versuche ich zwischen Möwen-Gurren und Möwen-Kreischen zu unterscheiden und erinnere mich an Toms Balzrufe. An seine zärtlichen Kosenamen. Die kleinen Anrufe zwischendurch. Blumen. Überraschungen. Einladungen zum Abendessen. Und das Versprechen, in guten wie in schlechten Zeiten zusammenzubleiben.

Und ich frage mich, ob jetzt der perfekte Zeitpunkt wäre umzukehren.

10

Der Koffer mit dem Teleskop ist der schwerste. Ihn trage ich zuallererst die vierunddreißig Stufen auf die Hafenmole, wo ich auf einem kleinen Felsplateau kurz Atem hole, bevor ich in einem Tunnel, der die einzige Verbindung zur Insel ist, verschwinde, weil schroffe Felsen an dieser Stelle einhundert Meter hoch aus dem Meer ragen. Wenige Schritte später betrete ich eine Welt, in der die Zeit stehengeblieben ist. Kein Großstadtlärm. Kein Kleinstadtlärm. Kein Lärm. Nur Vogelgezwitscher. Insektengesumm. Und Menschenstimmen.

Als ich mit dem letzten Koffer an der Pferdekutsche ankomme, die vor einer üppigen Blumenwiese an einem Feldweg wartet, höre ich, wie Maud, die sich blendend mit Alistair Talbott unterhält, sagt:

»Wenn Eulen die einzigen Vögel sind, die Blau sehen können, dann wäre ich gern eine Eule. Was für ein Pech für all die anderen Vögel!«

Alistair Talbott schmunzelt und erklärt, während er Maud in die Kutsche hilft, dass »Pech haben« und der »Pechvogel« ursprünglich aus der mittelalterlichen Vogeljagd kommt, weil die Jäger Äste mit Pech bestrichen haben, so dass die »Pechvögel« daran kleben blieben und gefangen werden konnten.

»Und Pechmarie?«, frage ich immer noch außer Atem.

»Das müssen Sie Frau Holle fragen. Ich weiß nur, dass sich Holle von Holunderstrauch ableitet und der Spruch »Fahr zur Hölle« hier wohl seinen Ursprung haben dürfte. In diesem Sinne – bis morgen, um neunzehn Uhr. Bei mir!« Und als Alistair Talbott mit seinem klapprigen Fahrrad losfährt, zwitschert Maud: »Cock-a-doodle-doo!«

»Weißt du überhaupt, was das heißt?«, frage ich, während ich neben den Kutscher klettere, weil Maud mit vier Koffern und einer Reisetasche die Kutsche füllt.

»Nachdem es sich um den Hahnenschrei handelt, vermute ich so etwas wie ›Guten Morgen‹«, sagt Maud und winkt Alistair Talbott ein letztes Mal, bevor der hinter einem riesigen Gebüsch verschwindet.

Das Pferd, das unsere Kutsche zieht, heißt Eternity, und ungefähr so lange dauert auch die Fahrt zu unserem Hotel. Auf romantischen Wegen, vorbei an malerischen kleinen Häusern, höre ich den Wind und das gleichmäßige Traben der Pferde. Und denke an Tom. Was er wohl gerade macht? Seit unserer Trennung hat er sich nicht mehr bei mir gemeldet. »Wozu auch?«, könnte er sagen. »Es ist doch noch nicht alles gesagt«, würde ich antworten.

»Horn's End« liegt auf einer Anhöhe mit phantastischem Blick über die Insel, und Missis und Mister Horn empfangen uns persönlich an der Rezeption ihres Hotels, das über zehn Zimmer und eine jahrhundertelange Familientradition verfügt. Das wird auch so bleiben, denn Frau Horn hat vier Söhnen das Leben geschenkt, und bevor sie auf die Idee kommen könnte, mich nach meinen Kindern zu fragen, bitte ich Maud, die Anmeldeformalitäten zu erledigen, und verschwinde auf mein Zimmer, das mit einem gemütlichen Doppelbett, dazu passenden Nachtkästchen, einer Kommode und einem großen Schrank eingerichtet ist. Alles antik, wie auch der breite Dielenfußboden aus hellem Holz. Die Wände sind hellblau tapeziert und die Vorhänge und der Bettüberwurf aus hellblauem Leinen. Über dem Bett hängt ein quadratisches Ölbild von einer Teerose, die Louise Odier heißt. Kein Fernseher. Kein Internet. Dafür zwei große über Eck liegende und durch Sprossen unterteilte Fenster, die ich, um sie zu öffnen, nach oben schieben muss.

Es sind noch keine vierundzwanzig Stunden vergangen, seit ich mit Angst über Oulu gesprochen habe, und müde von der kurzen Nacht und der langen Reise lasse ich meine nassen Kleider einfach auf den Boden fallen und lege mich nach einer heißen Dusche in ein großes Handtuch eingewickelt ins Bett.

Draußen fällt, begleitet von Gewittergrollen, dichter Regen in einen großen Garten, den ich aus dem Fenster zu meinen Füßen sehen kann. Er geht nahtlos über in ein großes Blumenfeld, und nur noch die aus der Form geratenen Buchsbäume, die einst Kugeln und Quader waren, erinnern an eine Zeit, in der es im Hause Horn einen ambitionierten Gärtner gegeben haben muss.

Aus dem Fenster rechts von meinem Bett sehe ich die schnell ziehenden Gewitterwolken, die ihre vom Wind verwehten Regenfahnen auf das Meer fallen lassen. Wie gigantische Bühnenvorhänge. Und um das beeindruckende Schauspiel besser beobachten zu können, lege ich mich mit meinem Kopfkissen und der Bettdecke auf die Fensterbank, die so lang und so breit ist, dass ich bequem darauf liegen kann. Wie ein Vogel, hoch oben in seinem Nest. Nur brüte ich nicht über einem Ei, sondern über meinem verkorksten Leben.

»Warum bauen sie ihr Nest genau dort, wo Wind und Wetter so unerbittlich sind? Und jeder Flugfehler das Ende bedeuten kann?«, hatte ich Alistair Talbott im Hafen gefragt und auf die Brandseeschwalben gezeigt, die zwischen den stürmischen Auf- und Abwinden der atemberaubend hohen Felsen manövrierten. Sich fallen ließen. Oder im Wind nach oben getragen wurden. Um wieder zentimetergenau in ihrem Nest zu landen.

»Das sind Felsenbrüter«, sagte er und verschwand nach einem schrillen kurzen »Kjerie!« mit Maud im Tunnel. Ich stellte den Koffer, in dem das Teleskop lag, vorsichtig auf den Boden. Sah in den Himmel. Und wünschte mir, so frei zu sein. Und genauso unerschrocken zu leben. Und zu lieben.

Die Hoffnung, die Distanz zu Tom würde meine Angst vor dem Alleinsein verringern, hatte sich nicht erfüllt. Je weiter ich mich von Berlin entfernte, umso größer wurde meine Sehnsucht nach Geborgenheit und Nähe.

Tom fehlt. Seine Stimme. Sein Blick. Und der Klang seiner Schritte. Seine Art, meine Hand zu halten. Mich in den Arm zu nehmen. Eins zu sein mit mir. Eins zu sein mit ihm.

Warum fand unsere Liebe keine Antwort auf unser Schweigen? Warum wurde diese Stille so gefräßig? Wie ein Hai, der gut getarnt im Meer der trügerischen Übereinkunft auf eine Sprache verzichtet. Weil seine Opfer keine Zukunft haben. Umwerben. Verzaubern. Betören. Und danach?

Kurz nachdem ich von der Fähre gegangen war, hatte ein frischverliebtes Pärchen ausgerechnet mich gebeten, ein Erinnerungsfoto von ihrer Hochzeitsreise zu machen, und es kostete mich die allergrößte Überwindung, nicht ihre Köpfe abzuschneiden. Wie tief werde ich noch sinken? Ich. Ein sinkendes Schiff. Ein sinkender Stern.

Die Regentropfen fallen nur noch in großen Abständen auf das Fensterblech, und vom Garten her tönt Kinderlachen an mein Ohr, weil hinter den Buchsbäumen der hoteleigene Kinderspielplatz liegt. Ich vergrabe meinen Kopf unter dem Kissen. Versinke in Erinnerungen. Und will nicht allein sein. Nicht wieder von vorne anfangen.

Pünktlich um sieben Uhr treffe ich Maud in der mit kitschigen Seemannsrequisiten dekorierten Smugglers' Bar und fühle mich wie im dritten Akt des *Fliegenden Holländers.* Als aus dem Schiff ein geisterhaftes Dröhnen kommt, so dass die Seeleute verängstigt fliehen, worauf sich Senta von einem Felsen ins Meer stürzt, bevor das Schiff des Holländers in den Fluten versinkt. Ich versinke in einem tiefen Ohrensessel vor dem offenen Kaminfeuer und fühle mich so einsam wie das ausgestopfte Wiesel hinter mir an der Wand, weil meine Sehnsucht nach Liebe und ewiger Treue nicht nur das zentrale Thema im Leben des Fliegenden Holländers, sondern auch in dem der »sinkenden Martha« ist.

Maud trinkt Gin Tonic. Redet über den Tag. Die Insel. Und das Wetter. Und erzählt, dass ihr Teleskop einen wunderbaren Platz am Fenster hat. Sie ist begeistert von der klaren Luft. Und von Alistair Talbott. Und freut sich auf ihre erste elektrisch unbeleuchtete Nacht.

»Ob Mister Horn das Wiesel gekannt hat?«, frage ich, um auch etwas Positives zu sagen.

»Wie kommst du denn auf so eine Idee. Natürlich nicht. Ich finde es übrigens geschmacklos, tote Tiere an die Wand zu hängen«, antwortet Maud und beginnt ein Gespräch mit Cerryth, dem Barkeeper. Er kommt aus Schottland, ist vierundzwanzig Jahre alt, im Sternzeichen Fisch, ledig, aber verliebt, und zwar in Nora, das Zimmermädchen. Die weiß aber nichts von ihrem Glück. Und das soll auch so bleiben.

»Warum soll sie denn nichts von ihrem Glück erfahren?«, fragt Maud und bestellt den zweiten Gin Tonic.

»Weil sie in Paul verliebt ist. Den Koch.«

»Aha... und Paul?«

»Paul liebt Emma, die Küchenhilfe. Die liebt aber Simon, den Kellner, und der liebt Jane, das Zimmermädchen.«

»Und Jane?«

»Jane liebt Percy, den Gärtner.«

»Und Percy?«

»Der liebt, glaube ich, Mister Horn.«

»... und Missis Horn?«, mische ich mich in das Gespräch ein.

»Also, im Vertrauen...«, sagt Cerryth und sieht sich vorsichtig um, bevor er weiterspricht: »... ich glaube, Missis Horn liebt mich. Abgesehen von ihren Kindern natürlich.«

»Aha.« Maud nickt nachdenklich, als ob sie einen wichtigen Hinweis auf den Mörder bekommen hätte, und sagt bedeutungsvoll:

»Dann ist also nur Mister Horn nicht...«

»Ja. Und Master Horny...«

»Ach ja. Den habe ich ganz vergessen«, entschuldigt sich Maud und fragt nach einer kurzen Pause:

»Ist dieses Verhalten typisch für Sark?«

»Wie meinen Sie das?«

»Na ja, man entfernt sich nicht weit, um sich zu verlieben.«

Cerryth sieht Maud ziemlich verständnislos an und sagt, bevor er uns und die anderen Gäste bittet, ihm in den Speisesaal zu folgen:

»Wie soll man sich denn auf Sark weit entfernen?«

Ich helfe Maud aus dem Ohrensessel und folge ihrem Gin-Tonic-beschwingten Schritt durch eine offenstehende Flügeltür in das angrenzende Restaurant, wo wir an einem der sechs runden Tische, die jeweils für vier Personen gedeckt sind, Platz nehmen und von Simon, dem flinken und einzigen Kellner, der sich in einer noch nie gesehenen Variante des beflügelten Laufschrittes fortbewegt, erfahren, dass wir für die Zeit unseres Aufenthalts Frühstück und Abendessen mit einem Gast teilen werden, der soeben eingetroffen ist.

Wenige Minuten später begrüßt uns eine kurvenreiche Frau in englischer Sprache, mit russischem Akzent und makellosem blassen Teint, kohlschwarzen Haaren, die perfekt zu ihrem schwarzen Kaftan aus Seide passen, den dazugehörenden schmal geschnittenen Hosen und einer Brille, die so enorme getönte Gläser hat, dass ich das Gefühl habe, einer gigantischen Fliege gegenüberzusitzen.

Die Fliege heißt Madame Charlotte, ist Astrologin und Hellseherin, und weil Maud bereits während der Vorspeise feststellt, dass sie nicht verstehen kann, wie manche Menschen doch tatsächlich glauben können, ihr Lebensweg sei auf einer Sternenkarte verzeichnet, und dass sie Astrologie für planetarischen Unfug hält, spürt Madame Charlotte negative Energien. Klagt über leichte Migräne. Und spricht nur noch mit mir. Und zwar über Jupiter. Uranus. Und Saturn.

Ich ignoriere Mauds ironische Kommentare, frage Madame Charlotte ganz nebenbei, was sie von der Venus hält, und spüre das dringende Bedürfnis, sobald wie möglich ein Gespräch unter vier Augen zu führen.

Die Smugglers' Bar könnte, nachdem wir das Abendessen mit einer kleinen Begrüßungsrede von Mister und Missis Horn beenden, der geeignete Ort sein. Bedauerlicherweise will Madame Charlotte aber in Mauds Anwesenheit nicht in meine Zukunft sehen, sondern lieber ins Bett gehen. Sie hat vor, früh aufzustehen, da sie sich von den bizarren Felsformationen Hinweise auf karmische Koinzidenzen erhofft. Worauf Maud nur müde lächelt. Und ich einen Whisky zu viel trinke.

Am nächsten Morgen weckt mich fröhliches Kinderlachen. Und Maud. Die Punkt zehn Uhr in Gummistiefeln und Regenhaut, die Kapuze so gut wie auf dem Kopf, vor meinem Bett steht.

Als ich sie bitte, spätnachmittags wiederzukommen und die Kinder woanders hinzuschicken, weil ihr lebhaftes Spiel mich daran erinnert, dass meine unbeschwerten Tage längst gezählt sind, zieht Maud die Vorhänge zur Seite, so dass ich den wolkenverhangenen Himmel über dem grauen Meer sehen muss, und sagt:

»Jetzt hör endlich auf, dich zu bemitleiden.«

Ich prophezeie, während ich mich zur Seite drehe und die Bettdecke über die Ohren ziehe:

»Tom wird schon sehen, wie es ohne mich ist. Nicht heute. Nicht morgen. Nicht übermorgen. Aber der Tag wird kommen... Und dann ist es zu spät. Am liebsten würde ich mich aufhängen...«

»Rumhängen. Durchhängen. Aufhängen. Wirklich interessant wird es doch erst, wenn wir nach oben hängen«, murmelt Maud und fragt, nachdem sie mit einem Ruck die Decke vom Bett gezogen hat, erstaunt:

»... kannst du mir bitte erklären, warum du mit einer Herrenbadehose schläfst? Das ist lächerlich. Du bist eine erwachsene Frau.«

»Das ist Toms Badehose... Sie beruhigt mich. Gelb entspannt.«

Lustlos steige ich aus dem Bett. Wanke ins Badezimmer. Nehme zwei Aspirin. Dusche. Ziehe mich an. Und nachdem wir nach einem ausgiebigen Frühstück Mister Horn und seinem Hund Master Horny begegnen, stelle ich fest, dass auf dieser seltsamen Insel sogar die Hunde verheult aussehen.

Maud findet nach einem kurzen Blick in meine Augen, dass Sark einfach ein perfekter Ort zum Heulen ist, und schwärmt in der nächsten Sekunde, ihren Blick in ein nebelverhangenes Wolkenfeld gerichtet:

»Was für eine grandiose Aussicht! Bei klarem Wetter könnten wir bis Jersey sehen!«

Unser Spaziergang führt uns von der Dixcart Bay zur südlichen Halbinsel Little Sark, die nur über den spektakulären Felsgrat La Coupée, an dessen Seiten die Klippen hundert Meter steil ins Meer abfallen, zu erreichen ist, und während ich versuche, Tom schrittweise zu vergessen, liest Maud laut in ihrem Reiseführer.

Als sie unbedingt die Schokoladenfabrik Caragh-Chocolates besichtigen möchte, weigere ich mich, sie zu begleiten, da die Firma auf Hochzeitsgeschenke spezialisiert ist, und so schlendere ich, anstatt Cream- and Vanilla-Hearts, Mandelsplitter, Pistazien, Haselnuss und Mandelkrokant zu besichtigen, an dicken Mauern mit schmalen Schießschlitzen vorbei, gehe durch ein zierliches Eisentor, lasse eine Baumkrone, aus der ein Eremitenturm wächst, hinter mir und folge einer Allee, an der ein märchenhaftes Taubenschlösschen steht. In einem Rosengarten mit Springbrunnen, Labyrinth und Schattenuhr lege ich mich übellaunig ins Gras und warte wie verabredet auf Maud.

Es ist die überall herrschende Idylle, die mich ganz verrückt macht. Eine Idylle ist nur dann eine Idylle, wenn man selbst idyllisch drauf ist. Wenn man das nicht ist, wird jede Idylle zu einem Marterpfad.

Nach einer kleinen Ewigkeit kommt Maud endlich und kann gar nicht verstehen, dass ich sofort wieder ins Hotel will. In mein unidyllisches Bett. Oder auf die Fensterbank. Und während wir mit der kleinsten Pferdekutsche, die ich je gesehen habe, an unzähligen Segeljachten vorbeifahren, die in den vielen kleinen Buchten vor Anker liegen, esse ich eine Tüte Mandelsplitter und lasse nicht nur die pittoreske Landschaft, sondern auch Mauds Vortrag über Wirklichkeit und Wahrnehmung an mir vorüberziehen. Sie kritisiert meine fixe Vorstellung, dass es für jedes Ding eine ideale

Gestalt geben muss, und will wissen, warum ich denke, dass ausgerechnet auf mich eine ideale Gestalt in Form eines männlichen Zweibeiners wartet. Solange unbewiesen ist, dass es diesen Zweibeiner gibt, soll ich doch endlich aufhören, etwas zu vermissen, von dem ich gar nicht weiß, ob es überhaupt existiert. Ich schweige. Und vermisse Tom. Immer wieder. Und immer noch.

»Und was machen wir morgen?«, frage ich, als wir im Hotel ankommen.

»Morgen?«

»Ja. Morgen.«

»Morgen besichtigen wir La Grande Greve«, verabschiedet sich Maud in ihren Nachmittagsschlaf, und ich mache mich auf die Suche nach Madame Charlotte, die ich im Garten hinter einem Rhododendron erstarrt im Lotussitz finde. Die Augen geschlossen. Einen tiefen Ton summend. Der nur unterbrochen wird, wenn sie nach Luft schnappt.

»Verzeihen Sie, wenn ich Sie störe…«, sage ich leise und gehe vor Madame Charlotte in die Hocke: »Aber… können Sie mir sagen… Ich meine…, können Sie auch in die Vergangenheit sehen?«

Madame Charlotte unterbricht ihren Summton, um einmal kurz nach Luft zu schnappen, und als ich versuche, ihren Puls zu fühlen, weil sie, umgeben von all dem satten Grün, noch blasser aussieht als sonst, verwandelt sich ihr Summton in ein röchelndes Schnarchen, bevor sie wie ein Sack Reis zur Seite fällt.

»Madame Charlotte? … Madame Charlotte? … Hören Sie mich? Sie werden sich in dem nassen Gras verkühlen«, sage ich, aufrichtig um meine Vergangenheit besorgt. Vergeblich. Madame Charlotte rollt sich ins Gras, und ich trotte in mein Zimmer, um mich für den Abend umzuziehen. Oder besser gesagt, meine feuchten Hosen gegen einen feuchten Rock auszutauschen und eine nach Moor riechende Weste über eine muffige Bluse zu ziehen, denn in meinem Zimmer herrscht das Raumklima eines türkischen Hamam, in dem ich problemlos Champignons züchten könnte.

11

Als wir kurz nach sechs zu Alistair Talbott aufbrechen, öffnet sich zum ersten Mal die Wolkendecke über uns, meine Kleider trocknen in der Abendsonne, und meine feuchten Haare plustern sich auf wie ein Fertigsoufflé in der Mikrowelle. Ich sehe aus wie ein Kind von Marsha Hunt und Jimi Hendrix, dabei wollte ich immer die schnittlauchgeraden Haare meiner Mutter haben, die wiederum viel lieber meinen Lockenkopf gehabt hätte. Der Afrolook war todschick und passte viel besser zu ihren bunten Schals, den weiten Hippyhemden aus Seide, den Samthosen und den Plateaustiefeletten.

Über meinem enganliegenden grauen Twinset, den verwaschenen Jeans und den grünen Gummistiefeln erinnern meine Haare aber eher an etwas außer Rand und Band Geratenes, das dringend unter Kontrolle gebracht werden muss. Bevor es sich verselbständigt. Und zu einer Bedrohung wird.

Nachdem wir ungefähr zwei Kilometer einem schmalen Feldweg gefolgt sind, taucht in einer kleinen Bucht mit schmalem Strand ein kleines Haus auf, das halb von einem gigantischen Fliederbusch verdeckt wird. Die Sonne versinkt am Horizont im spiegelglatten Meer. Über uns ein wolkenloser Abendhimmel, Blumen überall, und ich erinnere mich an die unbeschwerte Zeit meiner ersten Ehejahre, in der ein Abend allein vor dem Fernseher meine Definition von Einsamkeit war. Danach folgten zahllose Wochenenden allein in der Stadt. Im Park. Im Kino. Im Fitness-Studio. Weil Tom Tag und Nacht arbeiten musste. Und im letzten Jahr waren die einsamsten Stunden die, die wir gemeinsam verbrachten.

Maud bleibt stehen, um den Blick auf Brecqhou zu genießen, und ich sehe im Vorübergehen auf die winzige Insel, die, Sark vorgelagert, den milliardenschweren Barclay-Brüdern – Besitzer der Tageszeitung *The Daily Telegraph* – gehört, und frage mich, ob ich ohne größere Anstrengung hinüberschwimmen könnte. Um für immer dort zu bleiben. Als Magd. Zimmermädchen. Kindermädchen. Lady Barclay. Lady Martha Barclay. Selbstverständlich ohne Knorr. Einfach nur Barclay.

»Der Blick von Harve Goslin ist der schönste auf Brecqhou«, weiß Maud und vergleicht Tom plötzlich mit einer Insel, weil verschlossene Menschen nicht mit sich eingeschlossen, sondern von sich und anderen ausgeschlossen sind. Ich verneine entschieden, in eine Insel verliebt, geschweige denn mit einer verheiratet gewesen zu sein, und finde, dass Tom weder eingeschlossen noch verschlossen oder ausgeschlossen war. Entschlossen. Das war er, als er ging.

Alistair Talbotts einstöckiges Haus steht umgeben von wildem Knoblauch neben einer Kapelle. Und einer Scheune. Und Maud ist begeistert: »Wie schön! Diese Aussicht! So viel Liebe zum Detail! Sie müssen ein guter Koch sein! Ihr Haus ist bestimmt das schönste auf der Insel?«

Verlegen bittet uns Alistair Talbott, ihn wie alle seine Freunde einfach Tally zu nennen, und führt uns durch die offenstehende Terrassentür in eine gemütliche Küche, in der es nach Kartoffeln, frischem Thymian, gebratenem Lamm und alten Schnüren riecht. Eine Hängelampe mit einem kleinen dunkelgrünen Glasschirm beleuchtet ein rot-weiß-kariertes Tischtuch, das auf einem runden Tisch liegt. Dahinter, an der Wand, eine Sitzbank. Daneben die Spüle. Links davon ein alter breiter Herd mit einer offenen Feuerstelle. Im Küchenschrank an der gegenüberliegenden Wand zwischen Geschirr und Gläsern kleine Erinnerungen. Ein silberner Fingerhut. Eine Schneekugel, in der in einer offenen Kutsche ein verliebtes Pärchen sitzt. Ein paar Muscheln. Eine Hasenpfote. Und eine vergilbte Postkarte, die den Eiffelturm im Frühling zeigt. Neben der offenstehenden Terrassentür steht ein Regal mit Töpfen und Pfannen. Darauf Bücher und Zeitschriften zum Thema Vögel. Vögel. Vögel.

Ich setze mich auf die weißlackierte Küchenbank und lehne mich vorsichtig an das geschwungene Rückenteil, das unter meinem Gewicht etwas nachgibt, und Maud nimmt in einem Korbstuhl Platz, der an die Kolonialzeit erinnert und aus einem alten englischen Film stammen könnte.

Ich denke an Männer in khakifarbenen Safarianzügen. Und Frauen in Jodhpurs und tadellos gebügelten Blusen. Bei fünfundvierzig Grad im Schatten, rauchend, gar nicht schwitzend, trinken sie ständig Whisky pur, ohne betrunken zu werden.

Wir trinken dunkles Bier aus Krügen, die Tally vor vielen Jahren, als seine Frau Helen noch lebte, vom Münchner Oktoberfest mitgebracht hat, und gerade als ich anfange, mich zu entspannen, erkundigt sich Maud nach den Barclay-Brüdern, nicht ohne zu erwähnen, dass ich eine alleinstehende Enddreißigerin bin. Ich lächele verlegen und sage bittersüß: »Tja«, worauf Tally von seinem Sohn Christian erzählt, der in London lebt. Tierpräparator. Alleinstehend. Fünfundvierzig Jahre alt. Hobbys: Wandern und Fliegenfischen.

Maud findet, dass Christian mich, Kreativdirektorin, gerade noch im besten Alter, Hobbys: nachts Schwimmen und Lesen, unbedingt kennenlernen muss, und verrät in ihrem australisch gefärbten Englisch, dass ich mich nach vielen Jahren der Knechtschaft in einer großen Werbeagentur entschlossen habe, nur noch freiberuflich zu arbeiten, weil ich endlich eine Familie und Kinder haben möchte. Dumm nur, dass ausgerechnet jetzt der Mann abhandengekommen ist…

»Oh…«, sagt Tally, und die schreckliche Pause, die danach entsteht, ist ungefähr so halsbrecherisch wie die, bevor Theodor Pfister beim Adventstee meiner Großeltern zusammengebrochen war.

Maud ignoriert meine weit aufgerissenen Augen und die breite »Hör sofort auf«-Grimasse, die mein Gesicht entstellt, sobald Tally nicht in meine Richtung sieht, und weil sie gar nicht daran denkt, das Thema zu wechseln, unterbreche ich ihren Versuch, mich an den Mann zu bringen, mit einer dringenden Frage:

»Stimmt es, dass in Großbritannien Vögel die Deckel der Milchflaschen aufreißen und man gelegentlich kopfüber in Milch ertrunkene Vögel findet?«

»Woher wissen Sie das?«, fragt Tally erstaunt.

»Es ist die Titelblatt-Story der letzten Ausgabe des *Bird-Magazine*, antworte ich und zeige auf den Stapel Zeitschriften neben mir auf der Bank.

»Ach ja…«, murmelt Tally verlegen und kratzt sich hinter dem rechten Ohr. »Ich sollte einmal Ordnung in dieses Chaos bringen«, packt den Stapel, schiebt ihn unter die Sitzbank und sagt:

»Es sind so viele Vögel, dass mein Sohn sich gar nicht vor zu präparierenden Tieren retten kann. Allerdings beklagt er die unnatürliche Körperstellung. So vornübergekippt. Das ist eine relativ ungewöhnliche Haltung für einen Singvogel. Finden Sie nicht auch? Christian hat sogar gesehen, wie ein Meisenschwarm einem Milchwagen folgte, um noch aus den Flaschen zu trinken, bevor diese abgeladen wurden. Ein Verhaltensmuster, das auch in Schweden, Dänemark und Holland beobachtet wurde und ganz erstaunlich ist, wenn man bedenkt, dass Meisen sich nie mehr als fünfundzwanzig Kilometer von ihrem Nistplatz entfernen.«

Maud findet, nachdem sie einen kleinen Schluck Bier genommen hat, dass für eine Resonanzbeziehung Entfernung keine Rolle spielt, und Tally ist begeistert, weil auch er findet, dass durch Entfernung Nähe entsteht. Und während die beiden um die Wette balzen, bekomme ich einen trockenen Mund. Herzrasen. Und das Gefühl, den Boden unter den Füßen zu verlieren. Aber nicht wie ein Astronaut, der elegant im luftleeren Raum endlich seine Raumkapsel verlassen darf, um seinen Traum vom schwerelosen Abenteuer zu erfüllen, sondern wie ein mit Helium gefüllter Ballon, dem gerade langsam, aber sicher die Puste ausgeht.

»Ich kriege keine Luft... Äh... ich meine... Es ist sehr warm hier...«, sage ich und sehe zu der kleinen Kapelle auf der sanft absteigenden Wiese, die dort, wo sie ins Meer übergeht, eine fransige Linie zieht, und ich frage mich, ob mein stillgelegter Resonanzkörper den Weg ins Hotel auch allein finden würde, denn ich habe keine Lust mehr, mir in meiner »balzfreien Zone« trübsinnige Gedanken über ein idiotisches Perpetuum mobile zu machen, das, durch unsere ewige Liebessehnsucht angetrieben, einen unaufhörlichen Reigen aus Glück, Unglück, Glück, Unglück in Bewegung hält.

Zu lieben. Oder geliebt zu werden. Egal, aus welcher Entfernung. Beides wird früher oder später zu einer schmerzvollen Erfahrung, die wiederum früher oder später ihre Bedeutung verliert. Warum aber wiederholt sich diese Erfahrung immer wieder? Warum verliert sie nie an Bedeutung? Und warum zum Teufel bedeutet mir Tom noch immer so viel?

Ich atme tief ein. Und aus. Und wie so oft, wenn ich versuche, mir einen Menschen vorzustellen, dem es noch viel schlimmer geht als mir, denke ich an Tessa Sturm, die an einer hinterhältigen Drüsenüberfunktion litt, die sie nicht nur vom Turnunterricht, sondern von jeglichem Sozialkontakt befreite. Sie war das einsamste Mädchen in der Schule. In Kladow. Und auf der ganzen Welt. Nur im Wannsee schwimmend hatte sie eine Chance, sich mit ahnungslosen Urlauberkindern anzufreunden, die sich an Land aber sofort wieder verabschiedeten, weil Tessa in Verbindung mit Sauerstoff diesen widerlich süßlichen Duft von vermoderten Bananen und altem Käse verbreitete.

Mir tat Tessa leid, und ich erfand ein Spiel, in dem auch sie mitspielen konnte. Es hieß »Altes Ägypten«. Ich war der Tod in Form einer ägyptischen Jungfrau, und Tessa war der süße Duft der Vergänglichkeit. Meine Begleiterscheinung sozusagen. Seltsam bemalt und eingewickelt in Mullbinden zogen wir durch Kladow. Was zur Folge hatte, dass auch ich einen Teil meiner Freundschaften einbüßte. Großmutter musste sogar vor dem Pfarrer, dem Schuldirektor und dem Zahnarzt erklären, wie ich auf eine so abartige Idee kommen konnte.

Amalie machte Großvater und seinen Kompost dafür verantwortlich und bestand darauf, dass er Rede und Antwort stehen solle. Großvater weigerte sich aber, eine Stellungnahme abzugeben und einer Kompostbegehung zuzustimmen.

Maud nimmt die leeren Schüsseln und Teller vom Tisch und stellt sie in die große, aus einem Stein gehauene Spüle, die an eine Pferdetränke erinnert, und während sie den Wasserkessel auf die Gasflamme setzt, erzählt Tally, wie er das erste Mal versuchte, eine kleine gelbgefärbte Meise einzufangen. Mit blaugerandeter Kopfkappe. Und dunklem Augenstrich. Ihr Gesang war silberhell und bestand aus ein bis drei sehr hohen und reinen absteigenden Eingangselementen mit einem anschließenden tiefen Triller. Wochenlang war er auf der Lauer gelegen und imitierte stundenlang ein »Tii-ti-tirr, Zii-ziii-tütütütü« oder »Dii dide lilililit«. Manchmal antwortete eine Meise und variierte seine Silben: »Gij-gji, zi-zi-tütü, zi-dü-dü zeze di zeze zi-dü« oder »Zizidededede«.

Als ihn eines Tages nur noch wenige Zentimeter von seinem Ziel trennten, kam plötzlich eine Biene, die, von seiner Nase magnetisch angezogen, das gute Ding bestäuben wollte. Tally musste niesen. Die Biene stach zu. Die Meise flatterte mit einem aufgeregten »Tscherretrete« davon. Die Biene hinterher. Und Tally konnte gerade noch seinen freien Fall verhindern.

Seitdem erinnert ihn eine zwei Meter lange Schnur daran, dass er nicht fliegen kann. Das eine Ende hängt an seinem Gürtel, und das andere Ende steckt er, an einem Haken befestigt, in die Erde.

»Was hätte die Meise denn gerufen, wenn sie erwischt worden wäre?«, fragt Maud, während sie die Ärmel ihrer Bluse hochschiebt und Tally ein Geschirrtuch zuwirft.

»Kschrii-kschrii oder Ksii!«, antwortet Tally, und ich frage mich, ob er während seiner Ehe auch so aufmerksam und unterhaltsam gewesen ist. Oder ob auch seine Leidenschaft eines Tages verschwunden war. Vom Alltag aufgefressen. Einem gierigen Monster, das alles verschluckt. Immer mehr will. Bis nichts mehr bleibt außer der Sehnsucht nach dem geringsten Widerstand. Der meist in Form einer verständnisvollen Assistentin am Feierabendhorizont auftaucht, weil der arme Mann auf dem Höhepunkt seines beruflichen Erfolges überdrüssig geworden ist und getröstet werden will. Nicht ahnend, dass es kein Entrinnen gibt, weil alles um ihn herum Teil seines Überdrusses ist. Verzehren. Verdauen. Vergessen.

Tally wartet gespannt, als würde er am Klondike River Gold waschen, und während er aus jedem gewaschenen Teller eine kleine Sensation macht, fühle ich mich einsamer, als Tessa Sturm es jemals war.

»Ein Mann darf niemals glauben, etwas zu besitzen. Das wäre sein Ende«, hatte Großmutter Amalie während eines Abendessens einmal gesagt.

»Ihr Ende«, ergänzte Großvater trocken und erklärte, dass verheiratete Frauen allzu oft von falschen Vorstellungen besetzte Frauen sind, und ging schlafen, worauf Großmutter vergaß, mich ins Bett zu schicken, weil sie mit Maud über Besitzansprüche diskutierte. Marx und Engels zitierte. Einen Zusammenhang zwischen den Lebensverhältnissen der Menschen und ihren Gedanken herstellte, um nach Moral, ethischen Vorstellungen, Schönheitsidealen und so weiter wie immer bei den Ameisen zu landen.

Während ich über den schmalen Kiesweg gehe, der von Tallys Haus über ein rechteckiges kurzgemähtes Stück englischen Rasen zu der kleinen Kapelle führt, sehe ich auf das spiegelglatte Meer, in dem gerade unzählige Lichtpunkte ihre Jahrmillionen dauernde Reise durch das Universum beenden. Und denke an Henk. Er hatte mich in einem Fax, das nachmittags in die Rezeption von ›Horn's End‹ geratert kam, eindringlich davor gewarnt, in den nächsten Wochen meine Gedanken ernst zu nehmen, weil mein Gehirn gerade verrückt spielt, da durch den Trennungsschock ein Mangel an Botenstoffen Entzugssymptome auslöst. Ein unterschätzter Zustand, der nicht nur schlaflose Nächte, Hungerattacken und Appetitverlust, sondern auch Ärger, Wut und Hass erzeugt. Und die häufigste Ursache für Selbstmord sei.

Deswegen schlägt er vor, den Mond, die Sterne und das Meer so gut es geht zu ignorieren, und gratuliert mir zu den ersten beiden überstandenen Phasen:

1) Protest, beziehungsweise Versuch der Rückgewinnung und
2) Wut und Resignation.

Allerdings warnt er vor der bevorstehenden Trauerphase und schlägt vor, mich zu besuchen, weil in dieser schwierigen Zeit entweder ein Gespräch mit Freunden oder ein sexuelles Abenteuer helfe. Wofür Honky Tonk sich gerne zur Verfügung stellen würde. Er könnte meinen Mangel an Glückshormonen ausgleichen. Lässt er ausrichten. Allerdings sagt er nicht, warum ausgerechnet Pappmaché meinen Serotoninspiegel im Gehirn erhöhen sollte.

Bevor ich die Kapelle betrete, schließe ich die Augen. Höre nur das entfernte Rascheln der Blätter im Wind. Und das Rauschen der Wellen. Sonst ist es so still, wie ich es noch nie erlebt habe. Ganz anders als die unerbittliche Stille während des Mittagsschlafs meiner Großeltern. Oder die schwer im Magen liegende Stille meiner Eltern, wenn nach langem Diskutieren die Argumente fehlten. Toms Vakuum-Stille aber war die verfressendste von allen. Sie verschlang alles. Und es gab kein Entkommen.

Vorsichtig öffne ich das schwere, auf den abgenutzten Zapfen hängende Tor der Kapelle und stehe in einem ungefähr sechs mal vier Meter großen Raum vor einem vom Boden bis zur Decke gespannten schwarzen Netz, das das winzige Kirchenschiff der Breite nach durchteilt. Durch die fehlenden Dachziegel fällt mattes Himmelslicht auf den ausgetretenen Steinboden, und hinter groben Maschen erkenne ich am gegenüberliegenden Ende des Raumes eine geschnitzte Madonna in einer Nische. Darunter ein Altar, der eigentlich ein längs an die Wand gestellter Holztisch ist.

Mit verschnörkelten Beinen. Und einer rechteckigen Tischplatte aus Marmor mit abgerundeten Kanten. Davor zwei Kirchenbänke. Und während sich meine Augen an das schwache Licht gewöhnen, suche ich vergeblich einen Weg durch das Netz und entdecke überall Vögel. Fünf. Zehn. Nein, mehr. Es müssen mindestens dreißig sein. Schlafend. Unbeweglich. Seltsam verbündet. Und ich muss an die Amsel denken, die versehentlich durch das geöffnete Schlafzimmerfenster meiner Großeltern geflogen war und wild flatternd nach dem Himmel suchte. Großmutter schrie: »Erst die Ameisen und jetzt die Vögel!«, und schlug die Hände über dem Kopf zusammen, und Großvater holte den Kescher aus dem Gartenschuppen. Aber auch er konnte das wilde Flügelschlagen nicht beenden. Viel zu unberechenbar waren die Flugmanöver und lähmend die Willkür der panisch flatternden Amsel.

Als sie endlich den Weg in die Freiheit gefunden hatte, ging Großvater wortlos aus dem Zimmer, und während Großmutter weinend das Fenster schloss, schälte ich mich aus dem schweren Brokatvorhang, in den ich mich eingewickelt hatte, und sah stumm zu dem kleinen mattschwarzen Vogel, der sich auf dem höchsten Ast einer Zierkirsche niedergelassen hatte. Er putzte seine Federn. Sang: »Tsink, tsink, tsink.« Und flog davon.

Uns ließ er sprachlos zurück. Die Angst eines kleinen Vogels hatte uns besiegt. Noch heute erinnere ich mich an das bedrückende Gefühl der Hilflosigkeit und die Alpträume, in denen ich von einem winzigen flügelschlagenden Schnabeltier bedroht wurde. Das schlimmste Ungeheuer überhaupt. Es flog in mein Zimmer. In mein Bett.

Meinen Kopf. Meinen Bauch. Und ich lag einfach nur da. Und konnte mich nicht bewegen.

»Tagsüber können sie fliegen, wohin sie wollen«, flüstert Tally. Neben ihm Maud. Die vor Staunen keinen Ton hervorbringt.

»Ich habe jeden Einzelnen überredet, in meinem Orchester zu spielen.«

»Überredet?«, frage ich, und Maud räuspert sich, bevor sie ihre Arme vor der Brust verschränkt.

»Die Nachtigall dort in der Fensternische war eine der Ersten, die meine Geduld belohnte. Sie singt jetzt die erste Geige. Ihre lupenreinen Töne bestehen zu jedem Zeitpunkt aus nur einer Frequenz. Genauso die Töne der beiden Weidenmeisen, die dort drüben auf der Bank sitzen. Aber es gibt auch Vögel in meinem Orchester, die zweistimmig pfeifen. Der Flugruf der beiden Mehlschwalben zum Beispiel hört sich aus der Nähe wie ein hartes »Prt« an. So, als würden zwei Kieselsteine aneinandergerieben werden, aber aus größerer Entfernung klingt es weich und melodisch.«

Tally spitzt die Lippen und ruft ein weiches »Brüt«, das nach wenigen Sekunden von einem harten »Prt« erwidert wird.

»Und was spielen... ich meine, singen die beiden Mehlschwalben?«, frage ich.

»Die Klarinette. Aber es wird wohl noch eine ganze Weile dauern, ehe sich mein Traum von einem Vogelorchester erfüllt.«

Nachdem wir mit drei Posaunen, zwei Flöten, zwei Fagotten, zwei Oboen, sechs Kontrabässen, vier Hörnern, einem Triangel, einer Harfe, acht Violoncelli, zehn zweiten

Violinen und zwölf ersten Violinen bekannt gemacht wurden, spazieren wir ums Haus. Genießen den salzigen Abendwind. Und trinken im Wohnzimmer vor dem lodernden Kaminfeuer heißen Pfefferminztee. Tally schürt nicht nur die Flammen, sondern auch Mauds beginnende Faszination für die Kunst der Vogelkunde. Imitiert leidenschaftlich den Tauchstoß eines Albatros. Nimmt, während er von einem kleinen Schemel springt, seine Arme zur Seite, um sie wie ein Turmspringer kopfüber nach vorn zu hebeln. Hüpft wie eine Krähe quer durch den Raum. Und schwärmt, nachdem er sich atemlos in das mit gelbem Leinen bezogene Sofa fallen gelassen hat, von dem großen ästhetischen Vergnügen, das ihm das Hören und Wiedererkennen von Vogelstimmen bereitet. Eine »scientia amabilis«. Wie würde der einfach vorgetragene »Fluggesang« oder der während eines Schaufluges gesungene »Singflug« unser Dasein verändern! Würde eine gezwitscherte Reviermarkierung, Werbung oder Synchronisation nicht die Scheidungsrate senken? Vom Vollgesang in der Fortpflanzungsphase ganz zu schweigen!

Während ich mit meiner Müdigkeit kämpfe und Maud auf seltsame Art und Weise von einer Frau im besten Alter zu einem Teenager mutiert, imitiert Tally noch den Gesang der Jungvögel. Den Herbstgesang im Spätsommer und außerhalb der Brutzeit, der auch dazu dient, bereits weit vor der nächsten Brutsaison das Revier zu markieren, und bedauert abschließend, dass der irritierende und leise Gesang des Subsong, der zwischen Jugend und Vollgesang oft mit Fremdimitationen angereichert wird, an unsere missverständliche Sprache erinnert.

Als er in sein Schlafzimmer verschwindet, um ein Tonbandgerät zu holen, verliere ich den Kampf gegen den Sekundenschlaf, und als ich wieder aufwache, knien Tally und Maud auf dem Fußboden. Vor ihnen ein netzunabhängiger Rekorder und ein Mikrofon mit Parabolreflektor, der in der Wirkung einem fotografischen Teleobjektiv entspricht und einen Durchmesser von achtzig Zentimetern hat. Maud würde Tally am liebsten in das Hotel mitnehmen, um ihm ihr Teleskop zu zeigen, und so verabreden sich die beiden für den nächsten Tag. Als wir lange nach Mitternacht aufbrechen, bin ich so müde, dass ich Tally frage, ob er uns seine Fahrräder borgt. Maud möchte aber lieber zu Fuß gehen. Der Abend war zu schön, und sie würde gerne unterwegs noch den einen oder anderen Stern ins Auge fassen.

12

Bevor wir die kleine Bucht hinter uns lassen, wirft Maud einen Blick zurück und fragt:

»Erinnerst du dich noch an die Zeit, als du an Wunder geglaubt hast und jeden Tag mindestens einem begegnet bist?«

»Das ist sehr lange her…«, gähne ich, »… heute wundere ich mich hauptsächlich. Über dich zum Beispiel. Du hast mich vorhin wie ein Kamel auf dem Markt in Pushkar angeboten.«

»Weil du dich beklagt hast, dass deine Uhr tickt. Und du hast recht. Selbst ein langes Menschenleben dauert selten länger als 650 000 Stunden.«

»Sehr beruhigend. Dann kannst du also verstehen, dass ich meine letzten paar tausend Stunden lieber nicht allein verbringen möchte?«

»Für mich schließt der Begriff ›allein‹ das Wort ›nicht‹ aus. Ich kann nur eins mit mir, aber niemals mit einem anderen sein. Selbst wenn ich auf einem Stuhl sitze, schwebe ich in einer Höhe von einem hundertstel Zentimeter darüber. Ich und der Stuhl berühren uns nie. Weil sich meine und seine Elektronen abstoßen und jedem engeren Kontakt widersetzen. Wir schweben zueinander. Nebeneinander. Und voneinander.«

»Was willst du damit sagen?«, frage ich gereizt, während wir in die Allee zu ›Horn's End‹ einbiegen.

Maud sieht zufrieden in das Ahornblättermeer, das über uns eine im Wind rauschende Kuppel bildet, und antwortet nach einer kurzen nachdenklichen Pause:

»Du träumst vom Wunder der Liebe, anstatt das Wunder des Lebens, das dich von einem protoplasmatischen Atomkügelchen zu einem fühlenden, aufrecht gehenden Menschen werden ließ, einfach zu genießen.«

»Und warum träumt dann jedes ehemalige protoplasmatische Atomkügelchen früher oder später vom großen Wunder der Liebe?«

»Du kannst aus jeder alltäglichen Situation etwas Ungewöhnliches machen, wenn du sie als schicksalhaft betrachtest. Stell dir vor, du läufst durch den Wald, und an einer bestimmten Stelle kreuzt eine kleine Ameise deinen Weg. Wie groß ist die Wahrscheinlichkeit, unter den Abermillionen Ameisen, die über diesen Waldboden laufen, ausgerechnet in diesem Augenblick dir zu begegnen?«

»Ich will mich aber nicht in eine Ameise verlieben…«

»Versuch die Zusammenhänge des Lebens zu verstehen.«

»So lange kann ich nicht warten«, gähne ich und öffne das große Tor, das in die Hotelhalle führt.

»Dein Leben ist ein Spiel der Neuronen«, gähnt Maud. »Spiegelneuronen sind zum Beispiel dafür verantwortlich, dass ich jetzt auch gähnen muss. Und würdest du plötzlich in Panik fliehen, würde auch ich anfangen loszurennen.«

»Und wenn ich mich verliebe? Warum verliebt sich dann nicht automatisch auch mein Gegenüber in mich?«

»Sich verlieben ist ein hormoneller Stressanfall.«

»Und ein Kuss?«

»Die Totalanalyse einer Speichelprobe.«

»… und Sehnsucht?«

»Zum großen Teil ein chemischer Prozess.«

»Aber ich bin es doch, die sich entscheidet, wen sie küssen will.«

»Untersuchungen haben gezeigt, dass unser Gehirn bereits im Voraus festlegt, welche Entscheidung wir einige Sekunden später treffen werden.«

»Aber ich bin doch mein Gehirn!«

»Bist du?«

»Also ich schon. Ich denke und handle danach.«

»Und du tust das, was du denkst?«

»Na ja … nicht immer. Aber das würde ja bedeuten, dass mein Gehirn mein Leben bestimmt? Ohne mich? Ich meine… Ich bin, was mein Gehirn entscheidet?!«

»Du bist entstanden, weil dein Gehirn gewachsen ist.«

»Das würde ja bedeuten, dass Tom mich verlassen hat, weil sein Gehirn das so wollte. Entschuldige, aber das ist mir zu abstrakt. Das wäre ja wie: Ich mag dich zwar, aber mein Gehirn kann dich nicht ausstehen. Und mein Herz? Spielt das irgendeine Rolle?«

»Soweit ich weiß, ist es eine Pumpe, die deinen Körper durch rhythmische Kontraktionen mit Blut versorgt und dadurch die Durchblutung deiner Organe sichert. Das Beruhigende an Planeten ist, dass sie sich nicht andauernd fragen, ob sie sich besser links oder rechts herum drehen wollen. Es ist unser Gehirn, das diese Freiheit der Entscheidung einfordert.«

»Maud, du bist so unromantisch. Mein Herz bricht vor

Liebeskummer auseinander, und du tust, als ob dieser Zustand nur eine vorübergehende Geisterbahnfahrt auf dem Rummelplatz der Neuronen ist?«

»So ist es. Es geht vorüber. Nach der Trennung von meinem Ehemann habe ich mir vorgenommen, nicht noch einmal mit dieser Geisterbahn zu fahren. So, wie ich auch nicht noch einmal auf eine Herdplatte greifen würde, um zu sehen, ob sie heiß ist. Das bedeutet deswegen aber nicht, dass ich aufhören werde zu kochen.«

»Aber sich vor Sehnsucht verzehren, aus Leidenschaft brennen, vor Eifersucht den Verstand verlieren – daraus besteht doch eine große Liebe.«

»Daraus bestehen große Tragödien, die durchaus ihren Reiz haben. Erinnerst du dich noch daran, wie Amalie beinahe im Wannsee ertrunken wäre, weil sie fand, dass Großvater sie zu wenig beachtete und ihm einen Schreck einjagen wollte. Zum Glück hat die Nachbarin ihre Hilferufe gehört.«

»Ich weiß nicht mehr, was ich glauben soll. Was ich höre. Fühle. Sehe... Oder was ich nicht sehe...«

»Das gewaltigste Gebirge der Erde zieht sich viele tausend Kilometer unter Wasser, als ununterbrochene Bergkette von Island über die Mitte des Atlantiks um die Südspitze Afrikas, quer durch den Indischen Ozean bis zum Polarmeer. Südlich an Australien vorbei. Und dann schräg über den Pazifik. Mit allen Verzweigungen ist es über 75 000 Kilometer lang.«

»Ich fühle mich, als ob ich den Verstand verliere. Es fällt mir so schwer, zu akzeptieren, dass es mit Tom nie wieder so sein wird, wie es war, als es schön war.«

»Du kannst das Rad der Zeit nicht zurückdrehen«, sagt Maud, und ich folge ihr durch die Eingangshalle von ›Horn's End‹.

An der Rezeption liegen zwei Nachrichten von Henk:

19 Uhr 30: Tom will wissen, wo du bist. Ich habe nichts verraten.

22 Uhr 44: Tom will seine gelbe Badehose wiederhaben. Ich habe nichts verraten. Honky Tonk hat aber gesagt, dass sie auf Sark Ferien macht. Sorry. Was soll ich tun?

»Auch das noch. Wie wäre es zur Abwechslung einmal mit einer guten Nachricht?«, murmele ich, zerknülle die beiden gelben Zettel, und während Maud unsere Zimmerschlüssel aus dem Hängekasten der Rezeption nimmt, sagt sie:

»Deine Mutter hat dich nicht Apollonia genannt. Obwohl ihr die Abkürzung so gut gefallen hat.«

»Lonia?«, frage ich und bleibe irritiert stehen, worauf Maud breit grinsend antwortet:

»Nein. Apo.«

»Das glaube ich nicht!«

»Doch.«

»O Gott! Bin ich der einzig normale Mensch in unserer Familie?«

»Diese Frage würde ich nicht ausgerechnet dem Verrücktesten von allen stellen. Er hat eine Raupe erfunden, die elf Gehirne hat. Vielleicht gibt es ja einen Zusammenhang zu den elf Dimensionen der String-Theorie. Aber wer soll das überprüfen?... Eine Raupe?« Und ohne mich weiter zu beachten, verschwindet Maud nach einem flüchtigen »Gute Nacht« in ihrem Zimmer.

Ich kippe ein Fläschchen Cognac aus der Minibar, schiebe den Fensterflügel nach oben und wähle, während ich mit dem Oberkörper halb aus ›Horn's End‹ hänge, weil es nur an einer bestimmten Stelle außerhalb der alten Mauern einen brauchbaren Netzempfang gibt, Henks Telefonnummer. Nach einer kleinen Ewigkeit antwortet Honky Tonk verschlafen:

»Wir haben unser Auto nicht falsch geparkt... Und wir verabscheuen Menschen, die andere Menschen mitten in der Nacht anrufen.«

»Entschuldige, Honky Tonk. Ich bin es.«

»Ich?«

»Ja. Ich. Martha.«

»Ach, du.«

»Ja. Ich.«

»Nein. Du.«

»Hör auf! Das ist nicht komisch! Ich muss mit Henk sprechen.«

»Henk ist nicht da. Er ist verreist.«

»Ich weiß, dass Henk da ist.«

»Du kannst gerne mit mir reden, wenn du ein Problem hast.«

»Okay. Sag Henk bitte, er soll mich anrufen. Es ist dringend. Ich muss ihn wegen Tom sprechen.«

»Soweit ich weiß, ist Tom verreist.«

»Mit Henk?... Quatsch! Ich meine, wohin?«

»Auf eine Insel.«

»Honky Tonk, gib zu, dass es deine Schuld ist! Du hast mich verraten!«

Honky Tonk imitiert erst ein Knacken in der Leitung,

danach das Geräusch der Türklingel und sagt, nachdem es drei Mal geläutet hat, überrascht:

»So ein Zufall! Das muss Henk sein. Warte. Ich übergebe dich.«

»Hallo, Martha.«

»Hallo, Henk. Stimmt das?«

»Ja. Tom fliegt morgen nach Guernsey. Und kommt nach Sark.«

»Seine Badehose hätte ich auch mit der Post schicken können...«

»Könnte es sein, dass es gar nicht um seine Badehose geht? Ich hatte den Eindruck, dass er etwas von dir haben will...«

»Quatsch!«

»Doch. Irgendwie sah er ziemlich verzagt aus. So einen Gesichtsausdruck kann eine Badehose bei einem erwachsenen Mann nicht erzeugen...«

»Ich kann aber nicht so tun, als ob nichts gewesen wäre...«

»Dann solltest du dich gut verstecken... Ich habe nicht verraten, in welchem Hotel du wohnst. Du wirst verstehen, dass ich jetzt etwas schlafen möchte. Es ist ein Uhr morgens...«

»Halb zwei!«, ätzt Honky Tonk im Hintergrund, »aber auf Sark ist es wahrscheinlich immer fünf vor zwölf. Deswegen fahren ja auch Frauen dorthin, bei denen die Uhr tickt... Und deswegen nennt man Sark ja auch die Insel der Mimpfleifkrpfisis...«

Henk hält Honky Tonk den Mund zu, wünscht mir einen Tom-losen Schlaf, und ich sehe den Mond, der Nacht für Nacht für Nacht von Millionen von Millionen von Millionen von Menschen gesehen wird, und frage mich: Warum ich?

13

Am nächsten Morgen wache ich weinend auf. Gehe weinend ins Bad. Putze mir weinend die Zähne. Dusche weinend. Ziehe mich weinend an. Und sehe weinend aus dem Fenster. Wie konnte ich nur auf die absurde Idee kommen, dass eine elektrisch unbeleuchtete Insel, auf der das Wort Sonnenlicht in das Reich der Sagen und Mythen gehört, gut für mein angeschlagenes Selbstwertgefühl sein könnte?

Maud erkundet bereits seit dem Morgengrauen mit Tally die Insel. Lauert unter Hecken. Liegt im Gras. Hockt auf Bäumen. Und beobachtet Vögel. Während ich endgültig in der Trauerphase angekommen bin. Bisher waren die Tage ohne Tom meine Alpträume, aber in der letzten Nacht hat Tom mich auch im Schlaf verlassen. Die nächtliche Tragödie endete in Tränen, weil sogar John-Boy Walton nichts mehr von mir wissen wollte und lieber in seiner Dachkammer Tagebuch schrieb, als mich zu verführen.

»Gute Nacht, John-Boy«, sagte ich zum Abschied.

»Gute Nacht, Martha«, sagte John-Boy mit einem verlegenen Lächeln, und dann musste ich ganz allein und mitten in der Nacht durch halb Virginia laufen, um ein Taxi zu finden.

Auf dem Weg zum Frühstück erkundige ich mich an der

Rezeption nach Post und bekomme von Simon, der eigentlich als Kellner im Restaurant arbeitet und Cerryth vertritt, einen mitfühlenden Blick. Eine Packung Papiertaschentücher mit der Aufschrift »Sark – zum Weinen schön«. Und ein kleines gelbes Post-it, auf dem in schwer entzifferbarer Schrift steht, dass Madame Charlotte um zwei Uhr in der kleinen Höhle in der »Deribart-Bay« auf mich wartet. Weil es aber auf Sark keine Deribart-Bay gibt, erklärt Simon, dass Madame Charlotte bestimmt die »Dixcart-Bay« meint. Erklärt mir den Weg dorthin. Und empfiehlt, die Strecke mit dem Fahrrad zurückzulegen.

Allein in einem Ferienhotel zu frühstücken ist ähnlich heilsam, wie mit Liebeskummer bei Tiffany's in der Abteilung für Verlobungsringe spazieren zu gehen.

»Die Arme. Sie hatte wohl Pech. Oder ist schwierig. Hysterisch. Eifersüchtig. Ungeduldig. In jedem Fall aber wahrscheinlich selbst schuld«, flüstern die Blicke in meinem Rücken, und als ich mich an einen der hinteren Tische ans Fenster setze, tun alle so, als ob ich gar nicht da wäre.

»Kaffee oder Tee?«, fragt Cerryth, der seinen Dienst getauscht hat, um in Noras Nähe zu sein, weil Emma in der Küche aushilft. Mit übertrieben großer Geste nimmt er die überflüssigen Gedecke vom Tisch, und ich würde ihn am liebsten bitten, sie doch einfach stehenzulassen. Weil noch jemand kommen könnte. Irgendwann. Aber bevor ich etwas sagen kann, sitze ich vor einem weißen Tischtuch, auf dem ein verschwindend kleiner Teller und eine Tasse auf meine Wenigkeit aufmerksam machen. Trockener Mund. Panik. Boden unter den Füßen weg. Keine Astronautin, sondern ein lächerlicher Luftballon, der sich in einem Ast verheddert hat. Kein großer Ast. Nur so ein kleiner. Nicht weit vom Boden entfernt. Einfach lächerlich.

Während sich eine schwedische Großfamilie am Nebentisch blendend unterhält, fange ich mit meiner Zungenspitze eine dicke Träne auf, die über meine Wange gekullert ist. Sehe auf den verschwommen leuchtend grünen Rasen. Als ob es dort etwas zu entdecken gäbe. Trinke lustlos meinen schwarzen Tee. Stochere im schottischen Lachs. Und eile wieder in mein Zimmer, um auf meiner Fensterbank in Selbstmitleid zu versinken. Tom ist ohne vorausgehende Krankheit ganz plötzlich verstorben. Völlig unerwartet und unter mysteriösen Umständen. Und weil ich keine Möglichkeit hatte, mich zu verabschieden, droht mein Herz unter dem Gewicht der Erinnerung zu zerbrechen. Und in tausend Teile zu zerspringen. Tom weint derart mächtig aus mir heraus, dass ich das Gefühl habe, meine Tränen wollen mein vergangenes Leben fortspülen. In einem Sturzbach. Der alles mit sich nimmt. Kein Wenn. Und kein Aber. Nur ein Nie-wieder.

Eine Stunde später liege ich immer noch auf der Fensterbank, und erst das laute Klopfen an meiner Zimmertür macht mich darauf aufmerksam, dass mein Hoteltelefon bereits seit einer kleinen Ewigkeit auf meinem Nachttisch klingelt. Lustlos hebe ich den Hörer ab und lege mich ins Bett.

»Martha, wo warst du?«, fragt Henk besorgt.

»In Gedanken…«

»Okay. Und wo bist du jetzt?«

»Im Bett…«

»Bist du krank…?«

»Ja. Ich muss immerzu an Tom denken. Ich denke an die vergangenen Jahre. Und heule. Ich denke an die kommenden Jahre. Und heule. Ich verstehe die Welt nicht mehr. Und heule. Als ich Tom begegnet bin, war ich selbstbewusst. Und stark. Und glücklich. Und was bin ich jetzt?«

»Ein Häufchen Elend ...«, höre ich Honky Tonk im Hintergrund.

»Du bist noch immer stark, und es gibt keinen Grund, an dir zu zweifeln«, sagt Henk. »Tom ist zu schwach für dich. Er ist es, der ein Problem mit seinem Selbstbewusstsein hat. Verstehst du? Er sehnt sich nach einer Frau, die nicht so präsent ist wie du. Eine, die ihm Raum lässt. Eine, die ihn und sein aufgeblasenes Ego anhimmelt ... Ach was weiß ich ... Ich habe keine Ahnung, was Tom will.«

»Er will einfach nur den geringsten Widerstand«, sage ich leise und beobachte, wie eine Fliege vergeblich versucht, durch das geschlossene Fenster in die Freiheit zu fliegen.

Henk verspricht, dass mit der Zeit alles gut werden wird. Auch weil mein Plätteisen unterwegs ist. Das in seinem Handgepäck so wie auch Honky Tonk morgen in Sark eintreffen wird. Mit den restlichen Koffern, die hauptsächlich Honky Tonks neue Garderobe befördern, weil Henks Mutter aus therapeutischen Gründen angefangen hat zu nähen und sie sich auf diese Weise mit Honky Tonks Existenz anfreunden möchte.

»Und wie lange näht sie schon daran?«

»Keine Ahnung. Letzte Woche kam plötzlich ein vollgepackter Karton mit der Post. Und am nächsten Tag ein zweiter, noch größerer. Honky Tonk besitzt jetzt unzählige Hemden in allen Farben. Ein- und Zweireiher aus feinstem Zwirn. Einen Smoking. Ein dunkelviolettes Samtjackett. Mehrere Bundfaltenhosen. Und einen Schlafrock. Aus Seide. Mit passendem Pyjama. Ich bin pausenlos damit beschäftigt, ihn an- und auszuziehen… Und unter uns gesagt – ich fühle mich benachteiligt.«

Nachdem die Fliege mehrere Male unsanft gegen die Scheibe geknallt ist, gibt sie ihren Versuch, durch ein geschlossenes Fenster zu fliegen, auf, und ich sage zu Henk:

»Das tut mir leid. Vielleicht solltest du mit deiner Mutter darüber reden?«

»Mit meiner Mutter? Reden?«, fragt Henk völlig entgeistert und vergleicht seine Mutter mit Tom, worauf ich widerspreche, denn Tom ist keine von sich ausgeschlossene Insel und auch keine therapeutisch-nähende Mutter. Tom will einfach nur glauben, dass er mit einer jüngeren Frau an seiner Seite dem Alltag und dem Tod ein Schnippchen schlagen kann.

Nach einem Blick auf die Uhr verabrede ich mich mit Henk für den nächsten Tag am Hafen und erreiche zwanzig Minuten später mit dem Fahrrad die malerische Dixcart-Bay, wo ich zu meiner Überraschung keine Madame Charlotte, dafür aber mehrere Höhleneingänge finde. In die ich allein niemals einen Fuß hineinsetzen würde. Und weil nicht einmal ein Echo auf mein Rufen reagiert, setze ich mich an den Strand. Vergrabe meine Füße unter Tausenden von Sandkörnern. Und entdecke zwischen den Felsen, die den Strand säumen, Chuck, der mit leicht gesenktem Kopf und freundlich wedelnd auf mich zukommt. Als er vor mir steht, schnuppert er vorsichtig an meinem Gesicht, und als ich meine Hand hebe, um ihn zu streicheln, weicht er aus. Läuft, ohne weiter auf mich zu achten, zum Wasser. Und verschwindet an einer unwegsamen Stelle, wo die Bucht in eine gerade Küstenlinie übergeht und steile Felsen schroff ins Meer fallen, hinter einem großen Steinbrocken. Ist plötzlich einfach weg. Als ob die Erde ihn verschluckt hätte.

Ich warte noch eine Weile. Auf Madame Charlotte. Oder Chuck. Und beschließe, zum Friseur zu gehen. Wenn ich schon nicht mein Leben in den Griff bekomme, so doch wenigstens meine Haare.

Missis Willabys Friseursalon ist ein Geheimtipp und im quadratischen Flur zwischen ihrer Küche, dem Schlafzimmer, Wohnzimmer und dem Badezimmer ihres kleinen hellgrün gestrichenen Holzhäuschens untergebracht. Kein Schild. Keine Reklame. Und kein Hinweis in einem Reiseführer verraten diesen Ort, der ausschließlich den Einheimischen vorbehalten ist. Entsprechend misstrauisch werde ich auch von den anwesenden Damen beäugt. Aber nachdem ich schöne Grüße von Tally bestellt und versprochen habe, diesen geheimnisvollen Raum der Verschönerung niemals zu verraten, darf ich bleiben. Missis Willaby sieht sich meine Haare an. Sagt, ohne lange drum herum zu reden:

»Kindchen, weg damit!«

Und ich fasse sofort Vertrauen zu der zierlichen Person, die sagt, was sie denkt, und mich an Coco Chanel erinnert. Obwohl nichts an ihr wie Coco Chanel aussieht. Missis Willaby ist zwar klein und ihre Arme und Beine so zierlich wie die einer Schaufensterpuppe aus den Zwanzigern. Aber ihr Gesicht und ihr Körper sind kugelrund. Obwohl ihre kurzen dunkelbraunen Haare aufwendig frisiert sind, machen sie einen verwirrten, ja geradezu verzweifelten Eindruck. Was bei Coco Chanel niemals der Fall gewesen wäre. Auch wenn Madame vielleicht ab und zu verzweifelt war. So doch niemals ihre Haare!

Nachdem ich mich in den mittleren der drei Friseurstühle gesetzt habe, wickelt mich Missis Willaby in ein gelborange geblümtes Plastikcape mit Armschlitzen und bietet mir eine Zigarette an.

»Danke, nein. Ich rauche nicht.«

»Seien Sie froh, Kindchen. Nikotin ist schlecht für den Teint.«

»Das ganze Leben ist schlecht für den Teint«, sagt eine unter Handtüchern begrabene Frau, die rechts neben mir unter einer Trockenhaube sitzt und das Gesicht mit Gurkenscheiben auf Quark belegt hat.

»Ach Mary... Du übertreibst. Es gibt etwas Wichtigeres als den Teint.«

»Und das wäre?«, fragt Mary.

»Humor.«

»Das Leben ist auch schlecht für den Humor«, beklagt Mary und atmet laut ein und aus.

»Mary ist unser Sonnenschein«, stichelt Missis Willaby, worauf die Frau links neben mir – ovales Gesicht, spitze Nase, schmaler Mund, graue Haare, die auf fünf große Lockenwickler gedreht sind, erzählt, dass eine Touristin, die seit Jahren auf die Insel kommt, sie ganz aus der Ruhe gebracht hätte.

»Jo Ann, wie schön, Sie zu sehen! Mein Mann hat mir erzählt, Sie hätten den letzten Winter nicht überlebt...«, hätte die Frau überrascht zu Jo Ann gesagt, als sie sich vor dem Post Office trafen, worauf Jo Ann erwiderte:

»Sagen Sie Ihrem Mann, dass ich noch lebe. Aber sagen Sie es ihm bald!«

»Ich habe auch keine Lust mehr auf dieses Wetter. Und auf diese Touristen«, murmelt Mary und schiebt mit ihrer Unterlippe eine verrutschte Gurkenscheibe auf ihrer Oberlippe zurecht, weil beide Hände in Seifenlauge liegen.

»Wo kommen Sie denn her, Kindchen?«, fragt Jo Ann, und ich erzähle, während mein Kopf auf dem Rand der Waschschüssel liegt und lauwarmes Wasser mein Haar in die Länge zieht, dass ich auf Sark bin, weil meine Großtante ein Faible für elektrisch unbeleuchtete Inseln hat.

»Wie rührend«, findet Jo Ann, und Mary sagt, dass sie keine Großtante hat. Sie hat nicht einmal eine Tante.

»Natürlich hast du eine Tante…«, sagt Jo Ann.

»Hab ich nicht! Ich hatte einen Bruder. Aber wie du dich vielleicht erinnerst, wurde der letzten November ins Meer gespült.«

»Das war dein Bruder? – Ich hätte schwören können, du hast eine Tante«, sagt Jo Ann nachdenklich und zündet sich eine neue Zigarette an.

»George sah manchmal aus wie eine Tante. Vor allem, wenn er sich ärgerte. Vielleicht denkst du deswegen, dass er meine Tante war.«

»Blödsinn. Ich kann doch einen Mann von einer Frau unterscheiden.«

»Kannst du?«

»Kannte jemand von euch Eloïse Fleur?«, unterbreche ich die beiden.

Mary dreht ihren Kopf so plötzlich zu mir, dass alle Gurkenscheiben auf der linken Gesichtshälfte auf den Boden rutschen, und sagt:

»Natürlich kannten wir Eloïse Fleur!«, und Jo Ann nimmt einen tiefen Atemzug Nikotin und schwärmt:

»Sie war die eleganteste Erscheinung, die mir jemals begegnet ist. Was vermutlich daran liegt, dass sie niemals diesen Friseursalon betreten hat.«

»Du kannst deine fünf Haare gerne woanders kämmen lassen«, sagt Missis Willaby gekränkt und schlägt vor, es einmal auf dem Post Office zu versuchen, worauf Mary hysterisch lacht und Jo Ann, die Lockenwickler im Haar, grußlos verschwindet.

Missis Willaby kehrt, ohne darauf zu reagieren, die Gurkenscheiben auf. Sieht mich ratlos an. Fragt:

»Was machen wir denn jetzt mit dem Stroh auf Ihrem Kopf?«, und ich sage fest entschlossen, mich nicht einschüchtern zu lassen:

»Ich dachte an Föhnen.«

»Das dauert mindestens eine Stunde, und bei diesem Wetter würde es genau zwei Minuten halten, bis die Haare sich wieder eindrehen. Ich würde sie abschneiden. Sie haben ein so hübsches Gesicht...«

»Ich werde darüber nachdenken. Aber jetzt möchte ich erst einmal glattgeföhnte Haare. Bitte.«

Missis Willaby schüttet ein Fläschchen scharf riechende Flüssigkeit auf meinen Kopf. Dreht meine Haare auf acht große Wickler. Setzt mich unter eine Trockenhaube. Wischt Mary den Quark vom Gesicht. Manikürt ihre Nägel. Und nachdem Mary gegangen ist und kurz bevor meine Haare unter der Haube anfangen zu qualmen, dreht sie die Lockenwickler aus meinem Haar und erzählt, während ich Jacky Kennedy immer ähnlicher werde, die Geschichte von Eloïse Fleur, die auf Guernsey lebte und sich nicht zwischen dem Ehemann und dem Geliebten entscheiden konnte. Als ihr Ehemann schwer krank wurde, entschloss sie sich, den Geliebten, den sie bis dahin täglich auf Sark getroffen hatte, zu verlassen. Worauf der drohte, sich das Leben zu nehmen, und für immer verschwand. Wenig später starb Eloïse Fleurs Ehemann, und schon wenige Tage nach dem Begräbnis wurde Eloïse Fleur wieder gesehen, wie sie stundenlang mit Chuck über die Insel spazierte. Schmal wie ein Strohhalm. Und ganz in Schwarz gekleidet.

Doch von einem Tag auf den anderen war auch sie nie mehr gesehen, und jetzt erinnert nur noch Chuck an diese tragische Liebe.

»Sie hätte ihren kranken Ehemann verlassen sollen. Oder?«, fragt Missis Willaby, während sie eine Dose Haarspray über meinem Kopf entleert.

»Aber der Ehemann konnte doch auf gar keinen Fall Verständnis für sie haben?«, antworte ich und begutachte meine Frisur mit einem Handspiegel von allen Seiten.

»Wer hätte auch gedacht, dass der Ehemann so schnell stirbt?«, sagt Missis Willaby und zupft noch eine Haarsträhne über meinem Ohr zurecht.

»Wie hätte Eloïse Fleur ahnen sollen, dass sie beide verlieren wird, nur weil sie sich nicht entscheiden kann? Und wozu haben wir eigentlich eine Sprache?«, frage ich Missis Willaby und bezahle zehn Pfund inklusive Trinkgeld.

»Ach, die Sprache… Würden Männer und Frauen mehr miteinander reden, wäre ich arbeitslos«, sagt Missis Willaby und wünscht mir noch einen schönen Tag.

14

Wusstest du, dass sich die englische Glockenhyazinthe wie ein scheues Mädchen neigt, während die spanische aussieht wie eine stolze Flamencotänzerin, die ihren Rocksaum lüftet?«, fragt Maud, als wir uns in der Smugglers' Bar zum Tee treffen. Ich gestehe, dass ich nicht einmal weiß, wie Glockenhyazinthen aussehen, und erzähle von Eloïse Fleur.

»Als sie verschwand, war sie nur ein Jahr älter als ich. Ist sie tot? War es ein Unfall? Mord? Oder Selbstmord? Ich weiß nicht, warum, aber ich kann nicht aufhören, an sie zu denken.«

»Es hört sich auf jeden Fall kompliziert an«, findet Maud. »Vielleicht ist sie an einen anderen Ort gezogen. Hat ihre Lebensgewohnheiten verändert. Mitmenschen nehmen einen dann ganz anders oder gar nicht mehr wahr. Oder sie schläft, anstatt spazieren zu gehen. Weißt du eigentlich, dass 1916 in Europa und Amerika plötzlich unzählige Menschen einschliefen und nur noch mit viel Mühe wieder geweckt werden konnten? Wurden sie dann etwas gefragt, konnten sie zwar sinnvolle Antworten geben und wussten, wo und wer sie waren. Verhielten sich aber völlig teilnahmslos und versanken, sobald sie in Ruhe gelassen wurden, wieder in ihren tiefen Schlaf. Einige schliefen Monate und starben schließlich. Andere wachten irgendwann auf. Bekamen aber ihre frühere Lebendigkeit nie wieder zurück und dämmerten im Zustand tiefer Apathie vor sich hin. Damals schliefen innerhalb von zehn Jahren ungefähr fünf Millionen Menschen für immer ein. Schuld daran war ein Virus, der genauso plötzlich, wie er aufgetaucht war, auch wieder verschwand. Jetzt schläft der Virus selbst. Wird aber irgendwann und irgendwo wieder auftauchen.«

»Wie seltsam.«

»Bei weitem nicht so seltsam wie deine Frisur«, findet Maud. »Was hast du eigentlich gegen deine Haare? Ich finde, sie passen zu dir, und ich werde nie vergessen, wie ich deinen roten Lockenkopf zum ersten Mal gesehen habe. Es war Mittag. Die Sonne stand hoch am Himmel. Und du hast ausgesehen, als ob du in Flammen stehen würdest. Dein Großvater stand auf seinem Kompost und hielt einen Vortrag über Verwesung. Stocherte in der Erde. Und du hast ziemlich verwirrt davorgestanden. Damals schwamm ein Haifisch durch deinen Kopf, der eine Frau verspeist hatte. Du hast stundenlang in meiner Garage auf dem Rücksitz des alten Mercedes in einem Fotoband über Meerestiere geblättert. Vor allem der Blauwal hatte es dir angetan. Seine Zunge, so groß wie ein Elefant. Sein Herz, so groß wie ein Auto. Blutgefäße, so dick, dass du durch sie hindurchschwimmen könntest. Damals hast du dich mit schwarzem Filzstift bemalt, um auszusehen wie Queequeg.«

»Ich habe Moby Dick geliebt. Kapitän Ahab gehasst. Und mir vor dem Einschlafen vorgestellt, ein Blauwal zu sein, der Schiffe wie die Pequod reihenweise versenkt. Oder ich war Ismael, der alle Katastrophen überlebte, weil er sich immer auf Queequegs Sarg verlassen konnte. Heute kann ich mir gar nicht mehr vorstellen, mich freiwillig in so ein Ding zu legen.«

»Das ist beruhigend«, findet Maud, die mein Interesse für Holzsärge noch nie teilen konnte, und erzählt bei einer vorzüglichen Hummerschaumsuppe von ihrem Tag mit Tally. Schwärmt von blühendem Stechginster. Farnen. Lichtnelken. Lehmkraut. Gelben Margeriten. Und stellt sich die heftigen Stürme, die Sark im Winter von der Außenwelt abschneiden, romantisch und gar nicht ungemütlich vor. Niemals hätte sie gedacht, dass es Vergnügen bereiten könnte, neben einem in die Jahre gekommenen Mann in einem Matschloch zu liegen. Um Vögel zu beobachten. Aber genau darum geht es im Leben.

»Darum, auf einen Vogel zu warten?«

»Nein. Darum, den Augenblick zu genießen.«

»Heißt dieser Augenblick zufällig Tally?«

Maud schließt ihre Augen, wischt mit der Serviette über ihren Mund, nimmt einen Schluck Rotwein und sagt mit einem nachdenklichen Blick in mein Gesicht:

»Es könnte schon sein, dass ich mich ein wenig in den komischen Kauz verliebt habe…«

»Du? Verliebt?«, wiederhole ich und verschlucke ein walnussgroßes Stück Rindersteak. »Du kennst Tally doch erst seit drei Tagen.«

»Drei Tage sind eine Ewigkeit, wenn man auf Post wartet.«

»Wem sagst du das. Tom hat sich seit Wochen nicht bei mir gemeldet.«

»Versuch, nicht an Tom zu denken. Nichts ist für immer. Wir begegnen Menschen, um sie zu verlassen. Wir besitzen Dinge, um sie zu verlieren. Und wir werden geboren, um zu sterben.«

»Hätte ich das gewusst, als ich noch ein plasmatisches Atomkügelchen war, hätte ich auf den aufrechten Gang liebend gerne verzichtet.«

»Verzichte lieber auf dein Selbstmitleid. Mach das Beste aus deiner Situation. Denk an etwas Schönes. Zum Beispiel daran, dass auf dir gerade eine Herde von einer Billion Bakterien grast. Du versorgst sie jeden Tag mit ungefähr zehn Milliarden Hautschuppen, und sie lieben dich dafür. Auf ihre Art. Du bist ihr Schlaraffenland. Und zum Dank dafür schenken sie dir Körpergeruch.«

»Wie aufmerksam…«

»Nicht wahr. Vor allem, weil sie Milliarden Jahre ohne dich zurechtkamen, du aber keinen einzigen Tag ohne Bakterien überleben kannst. Manche vermehren sich so schnell, dass sie in knapp zehn Minuten eine neue Generation hervorbringen können. Bei ausreichender Nährstoffzufuhr können einzelne Bakterienzellen an einem einzigen Tag 280 Milliarden Nachkommen produzieren. Eine menschliche Zelle schafft in der gleichen Zeit nur eine einzige Teilung.«

Ich schiebe den Teller von mir. Sehe auf meinen Handrücken, der gerade Tausende von Tieren ernährt. Und fühle mich seltsam bewegt.

»Ich will so etwas nicht wissen, Maud. Die Vorstellung, dass ich Heimatplanet für widerlich aussehende Wesen bin, die in einem Film von George Lucas mitspielen könnten, irritiert mich. Mir ist der Appetit gründlich vergangen.«

»Das wollte ich nicht. Es tut mir leid. Wahrscheinlich übertreibe ich ab und zu.«

»Ab und zu ist gut... Ich habe den Eindruck, du lebst auf einem anderen Planeten... In deiner Welt kann man alles berechnen. Dort hat alles eine Zahl. Eine Entfernung. Und einen Sinn. Auf meinem Planeten entdecke ich, egal wohin ich auch schaue, immer denselben unberechenbaren Mechanismus. Einige Monate Glück. Und dann zerfällt alles in zwei Teile. Ein Teil will mehr. Und der andere Teil will weg. Worauf der, der mehr will, den, der wegwill, bedrängt. Vor allem, weil der, der wegwill, bald schon einen Dritten finden könnte, der vor einem anderen wegläuft. Oder weggelaufen ist. Und was, wenn einer die Lust verliert? Bleibt da nicht früher oder später jeder Teil auf der Strecke? Und hält von nun an sicheren Abstand. Und betrachtet die Liebe aus sicherer Entfernung? So, wie du es tust. Oder beinahe zwei Jahrzehnte lang getan hast. Bevor plötzlich ein Tally auftauchte. Und seitdem nichts mehr ist, wie es war. Das ist doch verrückt!«

»Akzeptiere, dass dein Glück nicht automatisch das Glück eines anderen sein muss. Wir alle haben Rituale, die uns am Leben erhalten, und wenn du keine hast, solltest du dir schleunigst welche zulegen. Weißt du eigentlich, dass Mister Horn sich aus dem Fenster hängt, wenn er seinen Alltag nicht mehr aushält?«

»Ich mache das hier auch. Aber um zu telefonieren...«

»Ich bin zu Tode erschrocken, als ich mir gestern Abend vor dem Schlafengehen noch die Beine vertreten wollte und einen dunklen länglichen Schatten auf der Fassade entdeckte, der zu Mister Horn gehörte. Eine ziemlich starke

Brise blies kühl und ungemütlich um das Haus. Durch seine Hosen. Und sein Jackett. Und schob die wenigen Wolken westwärts. Aber das hat Mister Horn nicht davon abgehalten, an seinen ausgestreckten Armen aus einem Fenster im zweiten Stock vom Fensterbrett zu hängen. Als ich unter ihm stand und sich unsere Blicke trafen, fragte ich ihn besorgt:

›Mister Horn! Was machen Sie da oben? Wollen Sie sich umbringen?‹

›Ganz im Gegenteil. Ich habe nicht vor, mein Leben zu beenden. Ich genieße die Angst vor dem tiefen Fall. Wenn das Blut in den Fingern gerinnt. Und nur noch der Wille zu überleben zählt. Das bewirkt Wunder. Es gibt nichts Besseres gegen dumme Gedanken und… Oh. Meine Frau.‹

Plötzlich hielt Mister Horn inne, und ich konnte das leise Rufen von Missis Horn hören:

›Darling? Darling? Wo steckst du?‹

›Als ob sie einen Sender eingebaut hat, der sich meldet, sobald ich aus dem Fenster hänge…‹, fluchte Mister Horn leise, bevor er sich mit einem kraftvollen Armzug erst auf das Fensterbrett schwang, um von dort kopfüber zu verschwinden.

›Ich bin hier, Darling! Ich habe nur etwas frische Luft geschnappt. Ist die Nacht nicht wunderschön?‹, hörte ich ihn noch, bevor er das Fenster schloss, und während er die Vorhänge mit einem Ruck zuzog, dachte ich über das Ritual des Sich-aus-dem-Fenster-Hängens nach und sah ganze Straßenzüge mit aus dem Fenster hängenden Männern vor mir. Würden wir Frauen jemals auf so eine Idee kommen?«

»Aber was ist das denn für ein Ritual?«

»Das habe ich ihn am nächsten Tag auch gefragt. Mister Horn nahm mich zur Seite, bat mich, seiner Frau unter gar keinen Umständen von unserer nächtlichen Begegnung zu erzählen, und gestand, dass er sich seit seinem fünfundfünfzigsten Lebensjahr aus Fenstern hängt. Seiner Meinung nach ist es das beste Mittel gegen die Midlife-Crisis: ›Es geht um Anerkennung. Und darum, meine Angst vor dem Stillstand zu besiegen. Das könnte ich zwar vorübergehend auch mit einer jüngeren Geliebten. Aber aus dem Fenster hängen kommt viel billiger. Und ist wesentlich aufregender‹, versicherte er, bevor er mit Master Horny zu einem Strandspaziergang aufbrach. Das klingt doch vernünftig, oder?«

»Findest du? Ich verstehe überhaupt nicht, warum Männer immer wieder so unvorbereitet in diese Krise geraten. Wenn ich die Welt umsegle, dann weiß ich doch auch, dass ich früher oder später das Kap Hoorn erreiche und dass dort Stürme und hoher Seegang auf mich warten. Also packe ich wetterfeste Kleidung ein. Nehme eine Rettungsinsel mit. Genug Proviant, um Durststrecken zu überstehen. Und springe doch nicht beim ersten hohen Wellengang über Bord, um an Land zu schwimmen und ein neues Boot zu kaufen.«

»Sie rechnen eben mit schönem Wetter…«

»Aber es heißt doch ausdrücklich, in guten wie in schlechten Zeiten. Bei schönem und bei schlechtem Wetter. Wollen wir in der Smugglers' Bar noch etwas trinken?«

»Ich werde zu Bett gehen. Der Himmel ist wolkenverhangen, und ich bin hundemüde, weil ich seit sechs Uhr auf den Beinen bin. Wenn Tally uns morgen zum Picknick abholt, möchte ich ausgeschlafen sein.«

»Picknick? Wann?«

»Er holt uns kurz vor Mittag mit der Kutsche ab. Das letzte Mal habe ich in Australien gepicknickt, kurz bevor ich vom Ayers Rock gefallen war. Mal sehen, was dieses Mal passiert.«

Ich begleite Maud zu ihrem Zimmer, und nachdem wir uns verabschiedet haben, bleibe ich noch eine Weile davor stehen. Höre ihre kleinen Schritte. Und will diese Gewissheit, dass nur eine Tür, die ich jederzeit öffnen könnte, mich von dem wichtigsten Menschen in meinem Leben trennt, so sehr verinnerlichen, dass nichts dieses Gefühl je verdrängen kann. Maud war nicht nur für mich da, wenn ich sie brauchte. Sie war immer und überall an meiner Seite. Raum und Zeit übergreifend, verbindet mich mit ihr eine tiefe Vertrautheit, die mir so viel mehr bedeutet als die Freundschaft meiner Eltern, die in ihrem großen Haus voller Musik und funkelnder Gespräche in meiner Erinnerung immer Marihuana benebelte Blumenkinder bleiben werden. Ich war ein Teil ihrer Ideologie. Gehörte zu ihren Träumen von fremden Ländern. Und ihrer Sehnsucht nach einer anderen Welt. So wie Männer in Samthosen. Frauen in langen Kleidern. Räucherstäbchen. Und freie Liebe. Wahre Liebe aber empfand ich bei Maud. Sie nahm mich mit. Ob ich wollte oder nicht. Und ich musste mich nie entscheiden.

Wenig später sitze ich an der Bar, die bis auf ein Pärchen, das händchenhaltend vor dem Kamin auf dem Sofa sitzt und tuschelt, menschenleer ist, und Cerryth spendiert einen Whisky Sour. Erzählt, dass er sich von Nora getrennt hat, obwohl er eigentlich noch gar nicht mit ihr zusammen gewesen ist. Weil er begriffen hat, dass sie nicht gut für ihn ist. Vor allem, weil sie mit Paul, dem Koch, geschlafen hat. Und weil er jetzt die heterogene Nase gestrichen voll hat, überlegt er, homogen zu werden, und denkt ernsthaft darüber nach, sich in Percy, den schwulen Gärtner, zu verlieben. Oder in Master Horny.

Ich versuche Cerryth den Unterschied zwischen homosexuell, homogen und hetero zu erklären, und um ihn aufzuheitern, erzähle ich von den auf uns grasenden Spinnentieren, die uns zum Dank dafür Körpergeruch schenken.

Cerryth weiß sofort, wovon ich spreche. Er hat schon einmal ein stark vergrößertes Foto von so einem Tierchen gesehen und fand es gar nicht so hässlich. Auf jeden Fall ist sein Onkel Jim, der Bruder seines Vaters, viel hässlicher, und lieber würde er mit einer Million winziger Spinnentierchen im Bett liegen. Als mit Nora.

Gelangweilt drehe ich langsam meinen Ehering mit dem Daumen der linken Hand, so wie ich das immer mache, wenn ich nachdenke. Ganz automatisch. Und erinnere mich an meine Hochzeit, die drei Tage lang gedauert hat und in München auf dem Standesamt in der Mandelstraße in Schwabing begann. Danach wurden wir in der kleinen Waldkirche St. Peter und Paul auf Nikolskoe in Berlin getraut, und zuletzt gab es eine große Party in Kladow, wo ein Zelt wie aus Tausendundeiner Nacht im Garten aufgebaut wurde, um alle Gäste unterzubringen.

Irgendwann fielen meine Eltern in den See, worauf einige Hochzeitsgäste hinterhersprangen, und ich ärgerte mich über meine peinlichen Eltern, die auch auf meiner ausdrücklich gewünscht »biederen Hochzeit« zeigen mussten, dass sie immer noch unangepasst und rebellisch waren. Ich dachte nicht daran, ins Wasser zu gehen. Zum einen, weil sich unter der schwarzen Wasseroberfläche alles Mögliche verbergen konnte. Ob Hai oder Havelzander. Und zum anderen, weil die dunkle, undurchsichtige Unterwasserwelt kein geeigneter Ort für mich, kiemenlose Braut im weißen Hochzeitskleid, war.

Während um mich herum ein wildes Sich-gegenseitig-ins-Wasser-Werfen anfing und bald so gut wie jeder Gast mindestens ein Mal im Wannsee gelandet war, beobachtete ich mit Maud, Amalie und Frieda vom Zelt aus das hysterische Treiben. Frieda, Toms Urgroßmutter aus Lüneburg, trug ihren langen Zopf wirr verschlungen wie ein Nest aus Engelshaar auf ihrem Kopf, und ihr Körper schien trotz des hohen Alters so unter Spannung zu stehen, dass er an ein gebogenes Stück Spanholz erinnerte, das jede Sekunde auseinanderbersten konnte. Seit sie mit einundzwanzig Jahren von der strengen Hand des Vaters in die noch strengere Hand ihres Ehemannes übergeben worden war, stand sie unter Hochspannung. Jederzeit liebreich, gütig, bescheiden und anpassungsfähig, denn das Unternehmen »Ehe« durfte auf gar keinen Fall misslingen, und Schweigen war der Schlüssel zum Erfolg. Durch den jahrelangen Verzicht auf eigenes Sprechen geriet sie so sehr unter Druck, dass ihre Haut anfing, sich zu schälen. Wie bei einer Schlange. Und weil sich Frieda so sehr schämte, trug sie ihre Kleider noch länger. Und die Ärmel noch enger. Und wurde zur Kur an die Ligurische Küste geschickt, wo es schließlich dem Kabinenmeister, der das Strandbad beaufsichtigte, in dem Frieda täglich eine Stunde sonnenbadete, gelang, die schüchterne Schönheit mit dem langen blonden Haar zu überreden, so dass Frieda eines Tages, völlig aufgeweicht von all dem »amore« und »o sole mio«, ihr Schweigen vergaß. Die Affäre dauerte nur einen Sommer, aber Frieda spricht seitdem ohne Punkt und Komma.

Als ich sie nach der Trauung vor der kleinen Kirche Nikolskoe begrüßte, nahm sie meine Hand. Zog an meinem Ehering. Und flüsterte: »Warum hast du geheiratet?«, und ich sah in ihre fragenden Augen. Und war sprachlos.

15

Mit Henk kommt die Sonne, und obwohl der Wind noch immer kräftig aus Westen bläst und hohe Wellen an die Kaimauer schlagen, legt das Fährschiff aus Guernsey pünktlich an.

»Ich habe alles über diese Insel gelesen, und ich frage mich, warum du ausgerechnet hierhergefahren bist. Sark ist ein Ort für Verliebte. Aber nicht für Verlassene. Hier gibt es nichts und niemanden, dem es schlechter geht als dir, Martha. Kein Krankenhaus. Kein Altersheim. Kein Kinderheim. Nicht einmal ein Tierheim! Du solltest in deinem Zustand Orte meiden, an denen Menschen glücklich sind. Du bist in einer Krise. Fahr in ein Krisengebiet!«, sagt Henk zur Begrüßung.

»Wo ich bin, ist ganz automatisch ein Krisengebiet«, antworte ich, ohne zu übertreiben, und frage, um vom Thema abzulenken, wie die Reise war und ob er schon gefrühstückt hat.

»Wann denn? Wir sind gestern Abend in Guernsey gelandet, und heute früh um sieben waren wir bereits auf der Fähre. Ich habe nur ein paar Kekse gegessen.«

»Gegen die Seekrankheit.«

»Nein. Gegen die Langeweile. Ich finde große Wasserflächen ziemlich eintönig.«

»Sehr interessant«, dringt Honky Tonks Stimme aus dem kleinsten der drei Reisekoffer. »Ich finde deine Unterhosen auch ziemlich langweilig. Lass mich endlich raus!«

Wenige Minuten später sehe ich sprachlos auf einen zerknitterten, aber tadellos sitzenden dreiteiligen Tweedanzug mit dazu passender Schirmmütze über einem perfekt gebügelten Hemd, in dessen Kragen ein kunstvoll geknotetes Seidentuch steckt.

»Was guckst du so?«, fragt Honky Tonk. »Noch nie einen echten Dandy gesehen?«

»Hallo, Honky Tonk. Ich dachte, du magst keine Inseln, auf denen es immer fünf vor zwölf ist...«

»Für einen echten Dandy spielt Zeit keine Rolle. Sie geht spurlos an ihm vorüber. Was man von dir nicht...«

»Honky Tonk! Ich meine, Henk! Pack Honky Tonk sofort wieder in den Koffer!«

»Okay. Okay. Okay. Entschuldige. Aber du hast angefangen. Ist das ein Pferdewagen?« Henk bleibt in sicherem Abstand vor Eternity stehen, und Honky Tonk fragt misstrauisch:

»Fahren wir mit diesem Ding?«

»Dieses Ding ist ein Pferd und wird uns zu unserem Hotel bringen. Kannst du bitte einfach in die Kutsche steigen und dich wie ein normaler Mensch benehmen.«

»Meinst du mich?«, fragt Honky Tonk völlig entgeistert.

»Auch dich. Wir müssen uns ein wenig beeilen. In einer Stunde werden wir zu einem Picknick abgeholt.«

»Oh! Dandys lieben Picknick! Was werde ich anziehen?«

»Ich habe dir pro Tag einen Anzug eingepackt. Das sind drei zu viel«, sagt Henk, während er genervt in die Kutsche steigt, und nachdem wir eine Weile schweigend durch die Landschaft gefahren sind und Henk nicht daran denkt, von Berlin zu erzählen, halte ich es schließlich nicht mehr aus und frage:

»Hast du etwas von Tom gehört?«

»Soviel ich weiß, will er noch in dieser Woche nach Gretna Green.«

»Was ist das?«

»Das ist ein kleiner Ort in Schottland, wo man sofort heiraten kann. Auf dem Weg nach Gretna Green reist er über Sark, damit du die Scheidungspapiere unterschreiben kannst.«

»Wie bitte? Aber du hast doch geschrieben, dass er seine gelbe Badehose wiederhaben will.«

»Die will er auch. Aber das bedeutet nicht, dass er dich wiederhaben will. Ich habe gestern von unserem gemeinsamen Friseur erfahren, dass Tom sich scheiden lassen möchte, um seine Verlobte so schnell wie möglich zu heiraten.«

»Verlobte!«

»Martha, bleib jetzt bitte ganz ruhig«, flüstert Henk vornübergebeugt, »ich wollte dir das nicht am Telefon erzählen, aber wenn Tom hier auftaucht, hat er einen Vertrag dabei, den ich an deiner Stelle nicht sofort unterschreiben würde.«

»Das weißt du alles von deinem Friseur? Ist der nebenbei auch Scheidungsanwalt?!«

»Nein. Aber jemandem die Haare zu waschen verbindet in gewisser Weise.«

»Als ich, in gewisser Weise, vor zwei Monaten das letzte

Mal von Tom gehört habe, bat er mich in einer kurz und bündig formulierten Mail um Verständnis. Er brauche noch Zeit. Und er würde sich wieder melden. Schrieb er. Und ich war so blöd zu glauben, dass er doch noch zur Besinnung kommen würde. Wenn ich ihm nur genug Zeit geben würde. Um über uns nachzudenken... Bist du sicher, dass wir von demselben Tom sprechen?«

»Ja. Thomas Heinz. Architekt. Zweiundvierzig Jahre alt.«

»Tom will sich also scheiden lassen...«

»Ja. Er muss.«

»Er muss?«

»Ja. Weil er kein Geld hat.«

»Wie bitte? Natürlich hat er Geld...«

»Also Pierre...«

»... dein Friseur?«

»Ja... Also Pierre sagt, dass er keines hat. Weil alles seiner Firma gehört. Bis auf eure gemeinsame Wohnung. Deswegen möchte er die auch behalten.«

»Aha... Und was wird aus mir?«

»Hartz IV?«, lästert Honky Tonk, und ich überlege für einen Augenblick, ihn einfach aus der Kutsche zu werfen.

»Ignoriere ihn«, flüstert Henk und dreht Honky Tonks Kopf so zur Seite, dass er das Meer ansehen muss.

»Seit er über eine Garderobe verfügt, die den großen Gatsby neidisch machen könnte, benimmt er sich unausstehlich.« Henk verzieht das Gesicht, als ob er in eine Zitrone gebissen hätte.

»Henk, wie kann Tom sich so schnell wieder verlieben? Und heiraten?«

»Ich habe gehört, seine Verlobte ist das einzige Kind eines großen Bauträgers. Eines sehr, sehr großen Bauträgers.«

»Geht sie auch zu deinem Friseur?«

»Natürlich nicht. Pierre hat erzählt, dass sie ihre Haare nur von Louis in Paris machen lässt.«

»Du willst mir doch nicht erzählen, dass eine Frau, die zum Friseur nach Paris fliegt, in einer Berliner Altbauwohnung im dritten Stock ohne Lift wohnen will?«

»Will sie auch nicht. Pierre sagt, Tom will die Wohnung verkaufen, um damit den Verlobungsring und den Ehering zu bezahlen. Wohnen werden sie in einem Haus in Berlin-Grunewald, das sie zur Hochzeit geschenkt bekommt ... Und in Marbella. Und in Monte Carlo. Und in ...«

»Kannst du bitte aufhören!«, unterbreche ich Henk, und Honky Tonk dreht sich zu mir und sagt:

»Hast du ein Problem mit Reichtum?«

»Ich habe kein Problem mit Reichtum. Aber ich gebe doch nicht mein Zuhause auf, damit mein Exmann seiner neuen Frau einen Ring kaufen kann!«

»Versuch, es karmisch zu sehen. So eine Chance bekommst du nie wieder im Leben«, appelliert Honky Tonk an das Gute in mir, und während er etwas von Erleuchtung faselt, biegt Eternity in die Allee zu ›Horn's End‹ und ich erkenne mit tränennassem Blick Maud, die sich vor dem Hotel mit Mister Horn unterhält.

»Es tut mir leid, Martha. Das hast du nicht verdient«, sagt Henk und wischt mit seinem Zeigefinger eine Träne von meiner Wange. »Aber da musst du jetzt durch.«

»Warum kriegt einer alles und der andere nichts? Weniger als nichts?«, frage ich und hebe lustlos meine linke Hand, um Mauds Winken zu erwidern.

»Aber du hast doch mich«, sagt Honky Tonk.

»Das meine ich mit weniger als nichts«, antworte ich und wische mit dem Ärmel meines Pullovers über mein Gesicht, bevor ich Mauds fröhliches »Cock-a-doodle-doo!« mit einem zaghaften »Kikerikie« erwidere.

Mister Horn begrüßt Henk überschwenglich, gibt Honky Tonk widerwillig die Hand und begleitet uns zur Rezeption, und als wir Cerryth wenig später auf das Zimmer folgen, flüstert Henk in einem unbemerkten Augenblick: »Findest du nicht, dass Cerryth ein wenig zu lange und ein wenig zu verträumt in deine Augen gesehen hat?« Und ich frage mich, ob ich seit gestern Abend eine Option zu Percy oder Master Horny geworden bin. Obwohl – oder vielleicht gerade weil? – wir über Spinnentierchen gesprochen haben?

Henks Zimmer liegt direkt unter dem Dach und hat einen atemberaubenden Blick über die Insel bis hin zum Horizont, der zwischen Himmel und Erde eine leicht gekrümmte Linie zieht, und während Honky Tonk sich nicht entscheiden kann, welche Seite des Bettes und des Kleiderschranks die bessere ist und beide schließlich diskutierend im Badezimmer verschwinden, sehe ich auf das blaue Meer und denke an meinen letzten Besuch in Kladow. Im Frühling vor zwei Jahren. Als Großvater starb.

Er hatte sich wenige Tage vor Weihnachten erkältet, weil er trotz der eisig kalten Temperaturen stundenlang auf dem zugefrorenen See war. Die Angelschnur im Eisloch. Um wie jedes Jahr einen Havelzander für das Weihnachtsabendessen zu fangen. Am nächsten Tag klagte er über Rückenschmerzen. Bekam hohes Fieber. Und bestand aber trotzdem darauf, am Weihnachtsabend sein von Motten zerfressenes Weihnachtsmannkostüm anzuziehen, um die Geschenke zu verteilen.

Normalerweise verbrachten meine Eltern die Wintermonate in Monterrey bei meinem Bruder. Verheiratet. Zwei Kinder. Zwei Zwerghasen. Zwei umweltfreundliche Hybridwagen. Und ein stattliches Haus mit Garten in einer guten Gegend. Er hatte es irgendwie geschafft, die antiautoritäre Erziehung meiner Eltern völlig unbeschadet zu überstehen, und durfte zum Dank dafür an der sündteuren Privatuniversität »Tec« (Institut für Technologische und Höhere Studien Monterrey) Betriebswirtschaft studieren. Und weil das Glück immer auf den größten Haufen scheißt, verliebte er sich ganz zufällig in die Tochter des größten mexikanischen Bierbrauers. Seitdem sorgt er in einem Land, in dem Biersorten Bohemia, Sol oder Nochebuena heißen, für explodierende Umsatzraten, weil er ohne Skrupel das gute alte bayrische »Radler« vermexikanisiert hat und aus »Ir en Bici« das meistverkaufte Bier Mexikos gemacht hat. Mein Bruder, ein Glückspilz und mexikanischer Nationalalkoholheld, fehlte also mit seiner Familie. Aber meine Eltern, meine Großmutter, Maud und ich, wir freuten uns auf Großvater und seinen aus Watte geklebten Bart, der sich wie jedes Jahr in den ersten zehn Minuten auflösen und nur noch als weißer Flaum sein Gesicht bedecken würde. Und wir freuten uns sogar auf die bis zur Unkenntlichkeit verstümmelte Variation von »Oh, du Fröhliche«, die meine Mutter und Maud auf ihren Didgeridoos einstudiert hatten.

Nachdem die Geschenke ausgepackt überall herumlagen, aßen wir Fischsuppe. Gebackenen Havelzander mit Bohnengemüse. Und tranken auf den Erfolg meines Vaters, der wenige Tage zuvor in einem Berliner Kaufhaus aus seinem neuen Buch vorgelesen hatte. *Die besten Witze über den Weihnachtsmann* hatten es auf die Bestsellerliste geschafft, und mein Vater arbeitete bereits an seinem nächsten Buch und ging davon aus, dass *Die besten Witze über den Osterhasen* spätestens zu Ostern ein Riesenerfolg werden würden. Er hatte es als Lachforscher und Witzarchiv auf zwei Beinen zu internationaler Anerkennung gebracht und sprach mittlerweile nicht nur vor Studenten, sondern vor Fernsehpublikum zur besten Talkshow-Sendezeit.

Je berühmter mein Vater wurde, umso verbissener kämpfte meine Mutter gegen eine Depression. Sie beklagte das Leben an der Seite eines erfolgreichen Mannes und sehnte sich zurück in die Zeit, in der ein Peace-Zeichen so groß wie eine Schallplatte von ihrem Hals baumelte. Sie, die in San Francisco das Zeitalter der Hippies am sechsten Oktober 1967 in einem offenen Sarg voller Blumen zu Grabe getragen hatte und in der ersten Reihe gestanden war, als der Sarg in Flammen aufging. Sie, die doppelte Böden stets verachtet hatte. Sie, die immer mehrdimensionale Visionen gehabt hatte. Ausgerechnet sie war die Frau einer Witzfigur geworden. Eines Verräters, der nicht davor zurückschreckte, ein Witzbuch über Psychiater zu schreiben. Ihre Argumentationskette führte direkt vom Atompilz auf dem Plattencover von Jefferson Airplane, der vor Zersetzung und der daraus resultierenden Einsamkeit warnte, zur Feststellung, dass jedes sozial kreative Modell aufgrund seiner Anziehungskraft zum Scheitern verurteilt ist, und daher verabscheute meine Mutter die lange Liste der noch zu schreibenden Witzbücher genauso sehr wie die karierten Hemden, die mein Vater mittlerweile trug.

All die getanzten Acid-Tests zu Schwarzlicht und Stroboskoplichtgewittern. All das LSD, das sie eingeworfen hatte, um ihr Bewusstsein zu erweitern. Ganz zu schweigen von dem Urschrei, den sie mehrmals ganz persönlich erlebt hatte. All das konnte doch nicht umsonst gewesen sein. Und aus diesem Grund dachte meine Mutter zwar nicht über Scheidung, aber über ein Jahr in einem Ashram nach. Denn sie trug schließlich immer noch Paisleymuster.

In der Silvesternacht wurden Großvaters Rückenschmerzen so unerträglich, dass er seinen Widerstand, in ein Krankenhaus zu gehen, aufgab, und als in der Notaufnahme ein junger Assistenzarzt mit einer bunten Papierschlange um den Hals akutes Nierenversagen feststellte, dachten wir erst an einen Scherz.

»Wir können nichts mehr für ihn tun«, sagte ein Oberarzt wenige Tage später. Von der Gletschersonne braungebrannt. Und vollgestopft mit guten Neujahrsvorsätzen. Zu denen offensichtlich auch das Sagen der Wahrheit gehörte. Der Chefarzt aber sagte:

»Der bleibt erst mal hier. Das wird schon wieder«, und Großvater war ganz unglücklich, weil ihm ein so missverständlicher Tod keine Freude bereitete. Er wünschte sich ein eindeutigeres Ende. In seinem geliebten Garten. An der frischen Luft. Mit Blick auf den See.

Deswegen nahm Großmutter ihren Gustav Mitte Februar wieder mit nach Hause und bat uns, Anfang Juli nach

Kladow zu kommen, damit wir uns von Großvater verabschieden konnten.

»Du bist groß geworden«, murmelte sie zerstreut, als sie mich auf der Treppe begrüßte. So, wie sie es in den vergangenen Jahren so oft getan hatte. Aber im Unterschied zu früher waren die Rollläden nicht heruntergelassen, und die Fenster und Türen standen weit offen, damit Großvater den Wind spüren konnte, wenn er mit geschlossenen Augen dem aufgeregten Schlagen der Segel zuhörte.

Von der kleinen Bucht, in der ich Tom das erste Mal getroffen hatte, drang fernes Lachen in das Haus, das ausgehebelt von Zeit und Raum über allem zu schweben schien, und ich sehnte mich nach der verlorenen Zeit. Nach den unbeschwerten Tagen der Verschwendung. Und des Übermutes.

An Großvaters Bett wich plötzlich jede Angst von mir. Über uns reflektierte das Sonnenlicht die kleinen Wannseewellen, die sich an der Kaimauer auflösten und ein Gespinst aus Licht und Schatten an die Zimmerdecke warfen. Und Maud, die auf der anderen Seite des Bettes in einem Ohrensessel saß, den sie dicht herangeschoben hatte, hielt Großvaters kraftlose Hand, die unter einem viel zu groß gewordenen Pyjamaärmel hervorkam. Sie las laut aus der *Berliner Zeitung* vor, und es dauerte eine ganze Weile, bis ich begriff, dass sie Nachrichten erfand, um Großvater das Gefühl zu geben, dass er in einer guten Zeit starb.

So dünn, dass er unter der Daunendecke kaum mehr eine Kontur hinterließ, nahm er mich erst wahr, als ich ihm zur Begrüßung einen Kuss auf die Wange gab. Öffnete langsam seine Augen. Und flüsterte:

»Bald werde auch ich das Erdreich durchwühlen. Schade nur, dass Amalie lieber in Flammen aufgehen möchte, als bei den Ameisen zu liegen. Sie träumt von Engeln. Schönen Kleidern. Und von einem weißen Licht. Na ja... Das passt ja auch viel besser zu ihren Pantoletten.«

Amalie gab Großvater einen vorsichtigen Kuss auf die Stirn, ging langsam, »klick-klack-klick-klack«, um das Bett und wischte, nachdem sie ihm durch einen Strohhalm einen winzigen Schluck Tee zu trinken gegeben hatte, mit einem feuchten Tuch zittrig über sein eingefallenes Gesicht. Obwohl Großvaters ausgetrocknete Lippen weit offenstanden, konnte er kaum atmen, und sein letzter Zahn, der riesenhaft verloren an den abgebrochenen Stoßzahn eines alten Elefanten erinnerte, mahnte genauso schmerzhaft wie das bisschen Luft, das seine Lungen noch erreichte, dass es Zeit war zu gehen. Aber Großvater lag einfach nur hilflos da. Mit seinem Körper, der sich bereits zu einem wesentlichen Teil verabschiedet hatte. Und seinem Geist, der immer noch an diesem Körper hing.

Ich hätte alles getan, um die Zeit in seinem Leben zu verlängern, weil sie doch untrennbar mit mir verbunden war. Auch wenn ich wusste, dass diese qualvollen Sekunden, Minuten und Stunden Großvaters Schmerzen verlängern würden.

»Weißt du noch, als ich meinen ersten Milchzahn verloren habe?«, fragte ich, um die kostbare Zeit zu füllen, während meine Hand zärtlich über seine Wange strich. »Als ich dir meinen Milchzahn zeigte und mir große Sorgen machte, dass ausgerechnet bei mir keine Zähne nachwachsen würden, hast du den Zahn in einen kleinen Blumentopf gelegt.

Ein wenig Erde darüber getan. Und ihn jeden Tag gegossen. Als wenig später ein neuer Zahn in meinem Mund gewachsen war, glaubte ich an ein Wunder.«

»Das war kein schlechtes Wunder, oder?«, flüsterte Großvater. »Auf jeden Fall war es gelungener als das verkorkste Wunder von deinem kindischen Vater. Einen Dackel verschwinden zu lassen... Wie kann man sich nur so ein blödes Wunder einfallen lassen...«

Großvater starb am nächsten Morgen um drei Uhr im Kreise seiner Familie. So, wie er es sich gewünscht hatte. Nur Tom fehlte. Er war in Brüssel, um den Auftrag für den Neubau eines Hotels für einen Reiseveranstalter an Land zu ziehen. Das Telegramm mit Großmutters Bitte, doch sofort nach Berlin zu kommen, beantwortete er mit: »Komme morgen. Freue mich darauf, den alten Gustav in alter Frische zu sehen.«

Doch der alte Gustav starb, ohne Rücksicht auf Toms Termine zu nehmen.

»Ich glaube, ich bin zu müde für ein Picknick. Kennst du ein nettes Restaurant, wo wir zu Abend essen können?«, höre ich Henks Stimme aus dem Badezimmer.

»Zu spät«, sage ich noch immer in Gedanken an Großvater und sehe durch die Spiegelung der Fensterscheibe, wie Henk in ein Handtuch eingewickelt mit einem Plätteisen in der Hand hinter mir steht. Er hat in der Zwischenzeit die Koffer ausgepackt. Geduscht. Und Honky Tonk liegt in einem Seidenpyjama und einem Morgenmantel auf dem Bett.

»Gut, dann treffen wir uns gegen acht Uhr in der Smugglers' Bar«, schlage ich vor, nehme das Plätteisen, gebe Henk einen Kuss auf die Wange und drehe mich, die Türklinke in der Hand, noch einmal um:

»Hast du Angst vor Gespenstern?«

»Wie bitte?«, fragt Henk und hält sein Handtuch fest.

»Ich frage mich, was ich noch glauben soll. Das, was ich sehe? Was ich höre? Was ich fühle? Das sind doch alles Gespenster.«

»Also wenn ich Luna nächste Woche in Moskau sehe, weiß ich, dass sie kein Gespenst ist. Gespenster leben in Gedanken«, sagt Henk.

»Und was meinst du, wenn du von Wahrheit sprichst?«

»Meine Wahrheit ist, was mir lieb und teuer ist. Und das, was ich beschütze.«

»... und du würdest, um das zu beschützen, was dir lieb und teuer ist, immer die Wahrheit sagen?«

»Na ja. Die Wahrheit hat viele Gesichter. Wer von uns weiß denn schon, was wirklich vor sich geht. Auf der Welt. In unserem Inneren. Oder da draußen im Universum. Also... Wie war deine Frage noch mal...?«

»Meine Frage war, was du meinst, wenn du von Wahrheit sprichst, und ich habe dich so verstanden, dass du dich im Augenblick der Wahrheit für eine Lüge entscheiden würdest, um die Dinge, die du liebst, zu beschützen.«

»Hört sich doch logisch an. Oder?«

»Aber dann ist doch automatisch dein ganzes Leben eine Lüge?«, frage ich nach einer kurzen Pause.

»Gratuliere. Endlich habt ihr es kapiert«, ätzt Honky Tonk, und Henk sagt, dass ich mich nicht verrückt machen soll, weil ich in ein paar Monaten über die Trauerphase hinweg sein und mein Leben dann aus einer ganz anderen Perspektive sehen werde. Denn wenn sich eine Tür schließt, geht eine andere auf. Und jedem Ende folgt ein Anfang.

»Ja, ich weiß. Und ich begegne Menschen, um sie zu verlassen. Besitze Dinge, um sie zu verlieren. Und werde geboren, um zu sterben. Ich kann es nicht mehr hören. Was macht das für einen Sinn? Wozu dieser ganze evolutionsbiologische Aufwand? Dieses Hin und Her könnte ich doch auch mit dem Erwartungshorizont einer Amöbe bewältigen.«

Nachdem ich die Tür mit einem heftigen Ruck zugezogen habe, stoße ich beinahe mit einem Stapel Handtücher zusammen.

»Sorry, Madam«, erkenne ich Noras Stimme hinter dem frischgewaschenen Frotteehandtücherturm, und weil ich gerade so schön in Fahrt bin, sage ich:

»Wissen Sie eigentlich, dass Cerryth in Sie verliebt ist?«

»Cerryth?«, fragt Nora und bleibt wie angewurzelt stehen, so dass ihr Frotteeturm in Schieflage gerät und ein paar Handtücher zu Boden fallen.

»Ja. Cerryth«, sage ich lächelnd. Hebe die Handtücher auf. Lege sie zurück auf den Stapel. Und verschwinde in mein Zimmer, um mich für das Picknick umzuziehen.

Wozu diese Zeitverschwendung? Diese Lügen? Dieses Taktieren? Als ich das erste Mal das Gefühl hatte, dass in meiner Ehe etwas nicht mehr stimmt, hat Tom mich angesehen, als ob ich unter Halluzinationen leiden würde, und gesagt, dass ich mir das einbilde. Als ich Wochen später nach einer feuchtfröhlichen Party bemerkte, dass er sich sehr intensiv mit einer Frau unterhalten habe, sagte er, die wäre überhaupt nicht sein Typ und total langweilig. Und als ich eine Woche vor unserer Trennung um drei Uhr morgens wissen wollte, wo er so lange gewesen sei, machte er mir Vorwürfe, weil ich ihm nicht vertraute.

Warum sagte er nicht, dass ich mir das nicht einbilde? Warum sagte er nicht, dass sich in der Tat für ihn etwas verändert hatte? Und wir unsere Gefühle wieder in Ordnung bringen sollten?

Tom schwieg stattdessen. Und wartete. Bis von unserer Liebe nichts mehr übrig war. Um dann zu bemerken, dass es zu spät ist. Kein Kampf um das Wesentliche. Keine liebevollen Korrekturen. Kein Aufeinander-eingehen. So, wie es in der ersten Zeit unserer Liebe selbstverständlich gewesen wäre.

Lieber führte er stundenlange Personalgespräche. Stellte für eine bessere Arbeitsmotivation einen hochbezahlten Personaltrainer ein. Plante Wochenendseminare und Ausflüge, um die Teamfähigkeit in der Firma zu verbessern. Und war Tag und Nacht für seine Angestellten da.

Aber als ich ihn bat, etwas mehr Zeit mit mir zu verbringen, reagierte er irritiert und fand, dass ich kein Verständnis für seine Situation hätte. Er fühlte sich unter Druck gesetzt. Und verkürzte daraufhin die gemeinsamen Ferien, die, begleitet von Hunderten von E-Mails, sowieso keine Erholung mehr zuließen.

Woher kommt diese Selbstverständlichkeit im Denken, dass ein erfolgreiches Berufsleben ohne Zeit. Ehrlichkeit. Zuwendung. Genauigkeit. Ehrgeiz. Und Leidenschaft so gut wie unmöglich ist. Während eine Ehe nach der ersten Zeit der Eroberungsphase auf Zeit. Ehrlichkeit. Zuwendung. Genauigkeit. Ehrgeiz. Und Leidenschaft verzichten muss? Warum erwartete Tom, dass unsere Ehe einfach so, ohne dass er etwas dafür tun musste, funktionierte? Und warum glaubte er, dass in einer Familie, und sei sie noch so klein, Motivation nicht nötig wäre?

»Weil du für die Familie zuständig bist«, sagte Tom.

»Dann gelten aber auch meine Regeln«, sagte ich.

»Und die wären?«, fragte Tom.

»Kommunikation«, schlug ich vor. Bekam aber keine Antwort, weil Tom gerade dringend eine E-Mail beantworten musste.

Doktor Bautzner hatte auf dem Flug nach Guernsey erwähnt, dass er auf der Basis von Fallstudien im Hinblick auf die Zeitstruktur erfolgreicher Manager festgestellt hatte, dass diese im Durchschnitt 90 Prozent ihrer Arbeitszeit mit Kommunikation verbringen. Wobei von den 90 Prozent beinahe 70 Prozent mit persönlichen Gesprächen ausgefüllt werden, während sie den Rest per Telefon, E-Mail, Brief und Fax erledigen.

»Sind die täglichen Telefonate mit Ehefrauen in dem Rest enthalten?«, fragte ich.

»Vermutlich« antwortete Bautzner. »Das zeigt doch sehr deutlich, welchen Stellenwert die soziale Komponente in der geschäftlichen Kommunikation von Führungskräften einnimmt.«

»Das zeigt doch aber auch sehr deutlich, welchen Stellenwert die soziale Komponente in der Kommunikation von Ehemännern und Familienvätern einnimmt«, habe ich daraufhin geantwortet, worauf Bautzner wissen wollte, welchen Beruf Tom ausübt. Als ich von seinem großen Architekturbüro erzählte, sah er mich an wie ein verlorengegangenes Robbenbaby und sagte:

»Jeder Topmanager ist automatisch auch Architekt zwischenmenschlicher Beziehungen. Allerdings überschreitet er trotz durchschnittlich hohem Niveau von 94 Arbeitsbeziehungsweise Kommunikationsaktivitäten so gut wie nie eine Aktivitätsdauer von 6 Minuten.«

In diesem Augenblick wurde mir klar, warum meine Ehe in Schutt und Asche liegen musste. Ich. Trümmerfrau. Habe meinen Mann abends, wenn er müde und abgespannt nach Hause kam, gezwungen, mehr als sechs Minuten auf einmal mit mir zu reden. Habe viel zu viele Fragen anstatt Essen auf den Tisch gestellt. Habe sein Schweigen falsch interpretiert. Den Blackberry zu wenig akzeptiert. Und seinen unermüdlichen Einsatz im Job nicht genug honoriert. Wie dumm von mir, dass ich glaubte, er würde zwischen Büro und Zuhause unterscheiden können und seine Energie entsprechend verteilen wollen.

16

Wenig später sitze ich mit Maud in einer Kutsche neben einem riesigen Picknickkorb und lausche James, der neben Tally auf dem Kutschbock sitzt. Wie fast jeder Einwohner der Insel übt auch er mehrere Berufe aus. Ist Barkeeper, Gärtner und Fremdenführer. Und gehört zu der eingeschworenen Gemeinschaft waschechter Sarkesen, die, obwohl direkt der Britischen Krone unterstellt, von ihrem eigenen Parlament, den eigenen Gesetzen und der Polizei so gut wie nie Gebrauch machen, weil es auf Sark so etwas wie Kriminalität, Steuern, Sozialleistungen und Scheidungen nicht gibt.

Tally und James unterhalten sich in Sercquiaise, das nur noch von der älteren Bevölkerung gesprochen wird und vom Aussterben bedroht ist, und während Maud mit geschlossenen Augen dem Klang dieser uralten Sprache lauscht, verfluche ich Tom, weil er schuld an meinem Unglück ist. Und ich wieder ganz von vorne anfangen muss.

Nach einer Weile öffnet Maud ihre Augen und will mit durchdringendem Blick wissen, warum ich so schweigsam und wie ein verstörtes Erdmännchen auf die zerfurchte Steilküste blicke.

»Weil Tom mich zum Narren gehalten hat.«

Maud findet, dass Tom mich genauso wenig zum Narren

gehalten hat, wie das die kurzen heftigen Wogen des Ärmelkanals tun, wenn sie ihre Wasserfontänen durch die Felskamine der Küste treiben, um unbemerkt versteinerte Trugbilder und geisterhafte Wesen zu erschaffen, die meine Phantasie zum Narren halten, und ich sehe auf die kleinen und großen Felsengespenster, die entlang der Küste überall zu entdecken sind. Aus der Ferne lebendig. In der Nähe lebloser Stein. Und sage:

»Du kannst doch den Ärmelkanal nicht mit meiner Ehe vergleichen.«

»Warum nicht? Auch Wassermoleküle gehen eine starke Verbindung ein. Allerdings sind sie nicht besonders treu, denn sie wechseln in der Sekunde mehrere Milliarden Male ihren Partner. Dafür können sie wunderbare Pfützen und Seen bilden und zeigen in schlechten Zeiten eine wesentlich größere Entschlossenheit, bei ihrem Partner zu bleiben, als wir Menschen das tun. Auch wenn du das gerade in deinem serotoninreduzierten Zustand nicht hören willst, möchte ich dich daran erinnern, dass ein Leben ohne Liebe zwar trostlos, ohne Wasser aber leblos wäre.«

»Davon gibt es doch wirklich mehr als genug«, sage ich mit Blick auf den Ärmelkanal.

»Es sind, wenn ich mich richtig erinnere, 1,33 Milliarden Kubikkilometer, und weil das System in sich geschlossen ist, kann nichts hinzukommen. Oder verschwinden. Das Wasser, das wir heute trinken, ist Milliarden Jahre alt. Im Vergleich dazu spielen wir keine wesentliche Rolle. Meerwasser ist für uns sogar absolut tödlich weil es ungefähr siebzig Mal so viel Salz beinhaltet, wie unser Stoffwechsel verarbeiten kann.«

»Aber ich weine doch salzige Tränen…«

»Trotzdem könntest du Salzwasser nicht trinken, weil deine Wassermoleküle den Salzüberschuss sofort verdünnen und abtransportieren würden. Dabei würde dein Organismus gefährlich viel Wasser verlieren. Deine Nieren würden versagen. Deine Lippen würden sich zurückbilden. Deine Nase würde schrumpfen. Und deine Gesichtshaut würde so spannen, dass du deine Augen nicht mehr schließen könntest und sie an der Luft vertrocknen würden.«

»Na, das ist dann ja ungefähr so, wie ich mich gerade fühle«, füge ich schmunzelnd hinzu, nehme Mauds Hand und sage vornübergebeugt, so dass sich unsere Nasen beinahe berühren: »Ich habe genug Salzwasser geweint und mit Blick auf Salzwasser gejammert. Das Leben ist zu kurz, um es zu versalzen, oder?«, und Maud gibt mir einen Eskimokuss, zieht eine Tafel meiner Lieblingsschokolade aus ihrer Jackentasche und sagt: »Etwas Süßes?«

An einer Wegkreuzung, die links zu einer langgezogenen und s-förmig geschwungenen Bucht und rechts über ein kleines Feld führt, spannt James das Pferd vom Wagen, und nach ungefähr einhundert Metern erreichen wir die von Felsen eingerahmte Discart Bay, wo wir unsere Picknickdecke in eine vom Wind geschützte Felsnische legen. Darauf kommen Teller, Gläser, Servietten, Besteck und eine Flasche Wein. Brot. Butter. Schinken. Käse. Obst. Und während wir essen, erwähnt Tally die zahlreichen Höhlen in der Umgebung und schwärmt besonders von der sechzig Meter tiefen Creux du Derrible in der benachbarten Derrible-Bay.

Als ich den Namen höre, kommt mir plötzlich die Befürchtung, dass ich Madame Charlottes unleserliche Schrift falsch entziffert habe. Und Dixcart statt Derrible-Bay gelesen habe. Und als ob Maud meine Gedanken lesen könnte, sagt sie ganz plötzlich, ohne mich anzusehen:

»Das Wort ›Planet‹ beinhaltet das griechische Wort für ›umherirren‹.«

»Wie kommst du darauf?«, frage ich irritiert.

»Madame Charlotte erzählte heute Morgen, dass sie dich treffen wollte, du den verabredeten Ort aber nicht finden konntest.«

»Dafür habe ich einen Friseur gefunden.«

»Was hat das eine mit dem anderen zu tun?«

»Missis Willaby kann zwar nicht in meine Zukunft, dafür aber in Eloïse Fleurs Vergangenheit sehen.«

»Das würde mich sehr überraschen«, murmelt Tally und bricht ein Baguette in mehrere Teile. Verteilt Oliven. Und stellt eine Schale mit hartgekochten Eiern in die Mitte der Picknickdecke. »Ich glaube nicht, dass jemand auf dieser Insel Eloïse Fleur kannte. Ich habe nur einmal, kurz nachdem ihr Ehemann verstorben war, ganz zufällig mit ihr gesprochen. Es war an einem windigen Novembertag, und ich lag in der Nähe der Platrue-Bay halb unter einem Gebüsch, um eine Feldlerche zu beobachten, als sie beinahe über meine Beine gestolpert wäre. Ich erinnere mich noch sehr gut an ihre dunkle Stimme:

›O mein Gott! Ich dachte, Sie seien tot!‹, sagte sie und trat einen Schritt zurück.

›Verzeihen Sie‹, entschuldigte ich mich und kroch so schnell ich konnte unter dem Gebüsch hervor: ›Haben Sie keine Angst…‹

›Ich habe keine Angst‹, sagte Eloïse Fleur, die mich, noch keine vierzig Jahre alt und ganz in Schwarz gekleidet, an eine junge Krähe erinnerte.

›Madame, es tut mir wirklich leid, wenn ich Sie…‹, stammelte ich und versuchte verlegen, die nasse Erde von meiner Cordhose zu klopfen. Sie aber unterbrach mich und erklärte höflich:

›Es waren Ihre Beine. Beine unter einem Gebüsch erinnern immer an ein Verbrechen. Finden Sie nicht?‹, und ging, ohne eine Antwort abzuwarten und nach einem kurzen Bonjour, den schmalen Weg zur Platrue-Bay hinunter. Ich habe unserer Begegnung damals keine weitere Beachtung geschenkt. Aber heute mache ich mir Vorwürfe.«

»Warum?«, fragt Maud.

»Ich hätte sie doch fragen können, wohin sie geht? Und ob ich etwas für sie tun kann? Und auch ein kleines Kompliment wäre keine Lüge gewesen. Wenn sie darauf eingegangen wäre, hätte mein Interesse vielleicht doch etwas verändert.«

»Missis Willaby vermutet, dass sie nach Paris gezogen ist, um ihren Liebeskummer zu vergessen«, versuche ich Tallys schlechtes Gewissen zu beruhigen.

»Kann man Liebeskummer je vergessen?«, fragt Maud, auf dem Rücken liegend, ihren Blick in den wolkenlosen Himmel gerichtet, und Tally antwortet, nachdem er einen Schluck Wein genommen hat:

»Die Ursache, ja. Aber den Schmerz niemals«, und legt sich so neben Maud, dass seine Schultern ihre wie zufällig berühren.

»Sie muss zur Couet- oder Platrue-Bay gegangen sein.

Nicht unweit von dort ist auch der Eingang in die große Gorey Souffleur, in der die steigende Flut ein so seltsam unheimliches Geräusch erzeugt, dass viele Menschen glauben, darin ein Flüstern zu erkennen, und das Eintreffen der Flut übersehen. Vielleicht ist sie dort ertrunken?«

In Gedanken bei Eloïse Fleur gehe ich langsam über den feinkörnigen Strand zum Meer. Spüre, wie meine Füße, von Wasser umspült, immer tiefer im Sand versinken. Beobachte die Kormorane, die sich todesmutig in die Tiefe stürzen, und überlege, wie ich meiner Vergangenheit aus dem Weg gehen könnte. Berlin verlassen? Ganze Straßenzüge und Stadtteile meiden? Pausenlos reisen? Tag und Nacht arbeiten?

Heute Morgen kam ein Fax, in dem mich meine Agentur bittet, in der nächsten Woche für einen Automobilkonzern nach Asien zu reisen, um die Europa-Kampagne zu koordinieren. Ich habe sofort zugesagt. Ich. Martha Knorr. Weit davon entfernt, glücklich zu sein.

Nach all den Jahren, die durch mein Leben mit Tom geprägt waren, die ich durch ihn gespürt und wahrgenommen habe, fällt es mir schwer, mich allein zu begreifen. Wer bin ich? Was will ich? Was wird aus mir? Tom hat meiner Zukunft ein vertrautes Gesicht gegeben. Wenn er mir ein Kompliment gemacht hat, war ich sichtbar. Wenn er zuhörte, hatte ich eine Sprache. Die zwar irgendwann zu einer vertrauten Sprachlosigkeit wurde. Aber trotzdem dafür sorgte, dass alles so blieb, wie es war.

Der Wind trägt Mauds Stimme zu mir, und ich höre, wie sie erzählt, dass sie keine Zeit mehr an einem Ort verbringen möchte, an dem sie alles an den Tod erinnert. Sie kann meinen Flower-Power-Eltern nicht verzeihen, dass sie ins Altersheim gesteckt wurde. In Peace. Und in Love. Damit Kladow verkauft werden konnte. Um mit dem Geld ein Feriendomizil auf Ibiza zu finanzieren.

Und ich? Ich habe nichts dagegen unternommen. Ich habe nicht einmal darüber nachgedacht. Ich war viel zu sehr damit beschäftigt, die fragile Schweigemauer meines Glücks zu stützen. Und zu schützen.

Als ich mich umdrehe, sehe ich einen Mann in meinem Alter. Er trägt Jeans. Ein weißes T-Shirt. Und einen dunkelgrünen Pullover, den er lässig über die Schulter geworfen hat. Seine kinnlangen dunkelblonden Haare wehen im Wind, so dass ich sein Gesicht nicht erkennen kann. Und als Maud und Tally den Unbekannten freundlich begrüßen, auf mich zeigen und winken, tue ich, als ob ich es nicht bemerken würde. Halte mein Gesicht in den Wind. Und sehe nach Brecqhou hinüber.

Nächste Woche um diese Zeit werde ich in Shanghai sein. Werde mit Mister Li und Mister Zuong die neue Werbekampagne besprechen. Mir Gedanken über die Zukunft eines Autos machen. Und weit, weit entfernt von meinem Leben wird die Welt in Ordnung sein.

Auf meinem letzten Flug von Shanghai nach Paris habe ich schlaflos irgendwo zwischen der Wüste Gobi und dem tibetischen Plateau auf eine unendlich große unbewohnte Landschaft gesehen. Freute mich auf Tom. Und fühlte mich nach den vergangenen Tagen, die ich in einem euphorischen Erfolgsrausch verbracht hatte, weil ich für meine Agentur die Europa-Kampagne für einen asiatischen Automobilhersteller gewonnen hatte, plötzlich leer. Und verbraucht.

Stellte mir vor, wie schrecklich es wäre, wenn ausgerechnet jetzt eine Krankheit oder ein Unglück mein Leben verändern würde. Und fragte mich, während unter mir die Wüste Gobi wie ein Schatten von etwas noch viel Größerem vorbeizog, warum Tod und Schmerz überhaupt zum Leben gehören müssen. Ob es bessere oder schlechtere Arten zu sterben gibt. Oder ob Sterben an und für sich der Höhepunkt eines erbärmlichen Überlebensversuches ist.

Mit dem Vorsatz, mehr Zeit mit Tom zu verbringen, freute ich mich auf zu Hause. Plante unsere nächsten Ferien. Und klammerte Katastrophen erst einmal aus. Brachte sie sozusagen als Vorlage ins nächste Geschäftsjahr. Und schlief, umgeben von einer dünnen Metallschicht, endlich über Moskau im Morgengrauen ein.

Als Tom mich damals vom Flughafen abholte, konnte er sich nicht so recht über mich freuen. War müde. Abgespannt. Und wollte gleich nach dem Abendessen ins Bett. Weil er am nächsten Tag nach München musste.

Und ich war so naiv zu glauben, ein paar Ferientage könnten uns wieder einander näherbringen.

»Hallo, Martha!«

»Hallo«, wiederhole ich und drehe mich um.

»Schön, dich kennenzulernen…«

»Mich?«

»Ja.«

»Ja.«

»Alles okay? Ich meine, du wiederholst alles, was ich sage.«

»Was sagst du denn… Äh, ich meine, wer bist du?«

»Ich bin Christian…«

»Tallys Sohn…«, begreife ich endlich und strecke ihm meine Hand zum Gruß entgegen, während der Wind die dem Meer zugewandte Hälfte meiner Haare zu Berge stehen lässt.

Als wir wenig später auf der karierten Picknickdecke sitzen, sprüht Tally vor guter Laune. Verrät einen genialen Trick, um im Freien Wein zu kühlen. Kennt den besten transportablen Grill. Fragt: Kissen, ja oder nein? Hühnchen oder doch lieber Truthahn? Und einigt sich nach einer längeren Diskussion mit Maud, dass ein Picknick nur dann ein Picknick ist, wenn alles in einen Korb passt.

Christian verschlingt in der Zwischenzeit in einer unglaublichen Geschwindigkeit Käse, Schinken, Brot und die letzten vier Eier. Mit Senf und Mayonnaise und erzählt, als nur noch ein paar Oliven übrig sind, dass er im Hafen den alten Wooley getroffen hat, der gerne mit uns einen Bootsausflug machen würde.

Ich sehe mit sorgenvollem Blick auf das bewegte Meer. Maud ist begeistert. Und während Christian den Picknickkorb packt und mit Maud vorausgeht, legt Tally sich mit seinem Tonbandgerät und der über den Körper gezogenen Picknickdecke dort, wo die Wellen im Sand versickern, vor einem Strandläufer auf die Lauer.

Als er wenig später zufrieden und die Decke immer noch über dem Kopf zurückkommt, sieht er selbst aus wie ein flatternder großer Vogel. Mit einem karierten Federkleid. Und nachdem Maud und Christian in einiger Entfernung hinter einem Felsen verschwunden sind, fragt er mit schelmischem Blick:

»Und, wie gefällt dir Christian?«

»Christian hat doch bestimmt eine Freundin.«

»Wenn es nur eine wäre.«

»Kann er sich nicht entscheiden?«

»Nein … Aber er hat Humor. Habe ich dir schon von meiner großen Vorliebe für Zebrafinken erzählt? Sie gelten unter Biologen nicht gerade als originelle Forschungsobjekte, sind aber liebenswerte Geschöpfe, durch die mir klargeworden ist, dass Vögel tatsächlich Spaß am Singen haben. Wobei ihr Repertoire sehr begrenzt ist und sie deswegen auch keinen Platz in meinem Orchester haben. Fünf bescheidene Silben sind zu wenig, und ihr Gesang ist eher ein Quäken. Doch immerhin quäkt jeder von ihnen ein wenig anders, und ihre Gesangskünste reichen aus, um Weibchen zu betören.

»… und Zebrafinken können sich auch nicht entscheiden?«, frage ich, weil mir nicht ganz klar ist, warum Tally ausgerechnet jetzt von diesen Vögeln erzählt.

»Also eigentlich sind sie monogam. Wenn auch mit einem gewissen Hang zum Seitensprung. Aber ich hatte einmal ein Zebrafinkenweibchen, das sechs unterschiedliche Beziehungen auf einmal in einer Voliere führte. Sie lebte mit fünf weiblichen und sechs männlichen Artgenossen, die sich normalerweise unter solchen Bedingungen dauerhaft paaren und ein Nest bauen. Doch dieses Weibchen suchte sich erst einen festen Partner, um sich dann mit fünf weiteren einzulassen. Und weil sie immer noch nicht genug hatte, ließ sie sich von den übriggebliebenen Weibchen auch noch das Gefieder kraulen.«

»Ich wäre schon froh, wenn es in meinem Leben einen

gäbe, der mein Gefieder kraulen würde. Die guten Männer in meinem Alter haben alle schon ein Nest.«

»Also, bei den Vögeln ist es so, dass die mit mittelmäßigem Erbgut den ganzen Tag um ihr Weibchen herumzwitschern, um die Bindung zu festigen, während die besonders attraktiven Vogelmännchen häufig fremdgehen.«

»Ich möchte aber kein Männchen, das häufig fremdgeht.«

»Das kann ich gut verstehen. Christian muss nur die Richtige finden. Dann wird auch er aufhören zu suchen«, sagt Tally und winkt seiner Streptopelia Turtur. Seiner Turteltaube. Die bereits in der Kutsche wartet, während James und Christian mit weit ausgebreiteten Armen über die Wiese laufen, um das Pferd einzufangen.

Während der Fahrt zum Hafen versuche ich, um Christians Charme zu widerstehen, mich auf die Dinge zu konzentrieren, die mir an ihm nicht gefallen. Zum Beispiel hat er bei Rückenwind einen viel zu tiefen Haaransatz. Und ein viel zu offenes Lächeln. Das wirkt unseriös. Und irritiert. Vor allem, wenn man an Toms prüfendes Grinsen gewöhnt ist. Vergeblich. Immer wieder erwische ich mich bei der Überlegung, ob ich Chancen hätte, Christian zu verführen. Gleichzeitig fallen mir die vielen absurd ernstgemeinten Experimente meiner Eltern ein, die, um dem damaligen Zeitgeist zu entsprechen, krampfhaft versuchten, in wechselnden Liebesbeziehungen dauerhaftes Glück zu finden. Dabei machten sie sich nicht nur lächerlich, sondern litten auch entsetzlich unter dem Liebeskummer und dem Seelenchaos. Äußerlich auf Hippie getrimmt, waren sie innen drin doch Spießbürger. Während mein Vater sich in fremden

Betten herumtrieb, war meine Mutter nur so frei, sich um den Alltag zu kümmern, und tauchte dann doch ein anderer Mann zu Hause auf, so plagten meinen Vater Selbstzweifel, so dass meine Mutter, um ihre Ehe zu retten, auf ihre Liebhaber verzichtete und zu einer ganz banal betrogenen Ehefrau wurde.

Wie konnte ich also so frei sein zu glauben, dass eine Ehe einen Egozentriker wie Tom in einen treuen Ehemann verwandeln würde?

17

Creux-Harbour ist nicht nur der kleinste, sondern wegen seiner auf den Karten nicht verzeichneten Felsen und Riffe und den schwierigen Strom- und Windverhältnissen auch der gefährlichste Hafen der Welt«, behauptet Tally, als wir am Ziel eintreffen, und das seltsame Lächeln, das James mir zum Abschied schenkt, macht mich noch misstrauischer, als ich es beim Anblick der einzigen im Hafen schaukelnden Nussschale ohnehin schon bin.

Wooley ist so, wie ich mir immer einen echten Seebären vorgestellt habe. Seine beeindruckende Statur überragt mich um mehr als einen Kopf, und sein Rücken ist so breit, dass Maud und ich dahinter verschwinden.

»Ich dachte schon, ihr kommt nicht mehr«, sagt er mit tiefer Stimme und reicht uns seine tellergroße Hand, um uns auf sein Holzboot zu helfen. Tally klopft seinem alten Freund vertraut auf die Schulter. Atmet tief ein. Hält sich mit beiden Händen an der Reling fest. Und fragt: »Wie läuft das Geschäft?«

Wooley wirft einen skeptischen Blick in den Himmel, schiebt seine blaue Wollmütze aus der Stirn und murrt:

»Zu viel schlechtes Wetter«, startet den alten Dieselmotor seiner ›Lady Cry‹. Löst die Festmacher. Hebt den Anker. Und manövriert sein Boot hinaus aufs offene Meer.

Vom Meer aus sieht die knapp drei Kilometer lange und zwei Kilometer breite Insel, die im nördlichen Teil über einhundert Meter aus dem Meer ragt, noch viel kleiner aus als von dem Hochplateau, auf dem die Sarkesen leben und das nur über unzählige Treppen und steile Wege zu erreichen ist. Weil kein Auto, kein Zug und kein Flugzeug diesen Ort erreichen, ist der Blick auf die Insel auch ein Blick in eine andere Zeit.

»Seht nur, was für eine Aussicht die haben!«, ruft Tally gegen den Fahrtwind und zeigt auf die nackten Felstürme, wo Hunderte Möwen, Kormorane und andere Vögel, die ich noch nie gesehen habe, nisten, bevor er sich wie zufällig bei Maud unterhakt.

»Du könntest zwischen der Scheune und der Kapelle einen Aussichtsturm bauen. Dann hättest du auch so einen phantastischen Rundumblick!«, sagt Maud, nimmt ihre Sonnenbrille ab und hält ihre zartgliedrige Hand zum Schutz gegen die grelle Sonne über die Augen, um die Vögel besser zu sehen.

Tally streicht eine Haarsträhne, die aus Mauds seidenem Kopftuch gerutscht ist und über ihr Gesicht tanzt, aus der Stirn, und sagt: »Du könntest von dort die Sterne beobachten«, und während Mauds kleine Augen zufrieden über das Meer funkeln, drückt Tally sie zärtlich an sich, und es ist, als wäre eine kleine Ewigkeit vergangen, seit die beiden auf der Fähre noch nichts voneinander wussten und ich mit Maud über Punkte diskutiert habe. Weil die Einsamkeit mich um den Verstand gebracht hat. Und ich frage mich, warum ausgerechnet Maud an dem Punkt angekommen ist, nach dem ich mich so sehr sehne.

Wie damals auf der Fähre wickle ich meinen breiten Wollschal einmal mehr um den Hals, stecke die beiden Enden in das Revers meiner Lederjacke. Verfolge nicht den eleganten Flug eines Kormorans, sondern konzentriere mich auf die leicht gekrümmte Linie des Horizonts. Und denke, genau das ist mein Leben. Kein aufregendes Flugmanöver, sondern nur eine leicht nach unten gekrümmte Linie.

»Als ich ein kleiner Junge war, sah ich in einer Zoohandlung einen Papagei ganz lustlos in seinem Käfig sitzen, und nachdem ich eine Woche lang von nichts anderem gesprochen hatte, kaufte meine Mutter endlich den Vogel. Aus Mitleid...«, erzählt Tally, und Christian korrigiert:

»Aus Selbstmitleid. Du hast schon als kleiner Junge immer bekommen, was du dir in den Kopf gesetzt hast.«

»Aber es kommt oft anders, als man denkt«, sagt Tally lächelnd. »Ich taufte den Papagei ›Berry‹ und verbrachte täglich viel Zeit mit ihm. Aber anstatt mit mir zu sprechen, fing er an, sich die Federn auszurupfen, und ich war todunglücklich. Ärgerte mich über den undankbaren Vogel. Und es dauerte eine ganze Weile, bis ich begriff, dass er sich durch sein Eingeschlossensein ausgeschlossen fühlte und ich nichts war, das er mit seinem Federkleid beeindrucken wollte. Da begann ich, mich mit Vögeln zu beschäftigen. Lernte, dass Papageien, Schwäne oder auch Gänse in freier Wildbahn in Schwärmen leben und sich erst dann von ihrem auserwählten Partner trennen, wenn einer von beiden stirbt. Und als mein Papagei schließlich eine Papageienfrau bekam, hörte er auch sofort auf, sich zu verunstalten.«

Während Tally erzählt, beobachte ich eine Möwe und

denke mit schlechtem Gewissen an unseren Kanarienvogel Hansi, der in unserer Küche in einem wunderschönen, aber winzigen Käfig, den meine Mutter auf einem Flohmarkt gefunden hatte, so lange vor sich hin leben musste, bis er eines Tages kopfüber von seiner Sitzstange hing. Ähnlich wie Mister Horn. Meine Eltern dachten an eine vorübergehende Orientierungslosigkeit, weil Hansi direkt in dem permanent durch das Haus ziehenden Räucherstäbchen-Nikotin-Haschisch-Nebel hing, und stellten seinen Käfig auf die Fensterbank. Wo er aber trotz frischer Luft und schöner Aussicht auf den Viktualienmarkt auch nicht auf seiner Schaukel sitzen wollte. Und als er auch noch anfing, wie mein Vater zu husten, diagnostizierte der Tierarzt kopfschüttelnd eine schwere Bronchitis und auf dem linken Lungenflügel ein Karzinom in der Größe einer Rosine. Bestürzt und von schlechtem Gewissen geplagt, hörten meine Eltern auf zu rauchen. Verbannten die Räucherstäbchen ins Gästeklo. Und nahmen beide je vier Kilo zu, weil sie ihre tägliche Ration Haschisch in Form von Keksen zu sich nehmen mussten. Mein Vater warf noch Jahre später meiner Mutter skrupellose Egozentrik vor, weil sie einen in der Farbe passenden Vogel für ihren Flohmarkt-Käfig und nicht einen passenden Käfig für ihren Vogel ausgesucht hat.

Während wir über einen größeren Wellenkamm gleiten, verliere ich das Gleichgewicht. Trete Christian auf den Fuß. Lande unsanft in Wooleys breitem Rücken. Verbiege mir meine Nase auf eine Art und Weise, die ich nicht für möglich gehalten hätte. Und werde vom Strahl einer Bugwelle so unglücklich erwischt, dass meine Haare auf der linken

Seite nass vom Kopf hängen, während die andere Seite gekräuselt zu Berge steht.

Christian, der wahrscheinlich surfen, snowboarden oder wellenreiten kann und sich an gar nichts festhalten muss, umfasst, als wir auf die Moie-de-Mouton zusteuern – kein Strand, nur felsige Buchten und steile Küsten – meine Schultern. Und steht, als Wooley die ›Lady Cry‹ trotz des unruhigen Windes an den zerfransten und zerklüfteten Steinen vorbei durch eine schmale Öffnung in die Höhle manövriert, so dicht hinter mir, dass ich seinen Atem spüren kann.

Der überraschende Anblick der riesigen Felskathedrale, die sich plötzlich vor uns auftut, lässt mein Herz rasen. Das Gefühl, lebendig begraben zu sein, schnürt ausgerechnet mir, Expertin für Begräbnisse aller Art, die Kehle zu. Trockener Mund. Panik. Boden unter den Füßen weg. Keine Astronautin, die elegant im luftleeren Raum navigiert, sondern ein herrenloser Luftballon, der sich auf das offene Meer verirrt hat. Und dem die Puste ausgeht.

Weil ich in der Dunkelheit keine Linie zwischen Wasser und Fels erkennen kann, mache ich mich auf die verzweifelte Suche nach so etwas wie einem inneren Horizont. Schließe meine Augen. Atme tief ein. Und aus.

»Hast du heute Abend schon etwas vor? Ich würde dir gerne den Adonis-Pool zeigen«, flüstert Christian. Und während die ›Lady Cry‹ bedenklich schaukelt, drehe ich mich, anstatt einfach den Mund zu halten und mich auf die Suche nach meinem inneren Horizont zu konzentrieren, um und sage:

»Du meinst den Venus-Pool?«

»Nein, ich meine den Adonis-Pool. Kannst du klettern?«

»Natürlich kann ich klettern. Ich bin als Kind ein paar Mal mit meinem Vater auf die Zugspitze gestiegen.«

»Gut. Dann werde ich um neun Uhr vor dem Hotel auf dich warten.«

Plötzlich wird Christians Stimme ganz leise. Mein Blut rast durch meine Adern. Mein Herz klopft bis zum Hals, als ob es aus mir herausspringen möchte. Und mir wird schwarz vor Augen.

Als ich wieder zu mir komme, liege ich auf dem Rücken. Unter mir Schiffsplanken. Über mir Maud, Tally und Christian, die besorgt auf mich herabsehen.

»Alles wieder in Ordnung?«, fragt Maud und nimmt meine Hände.

»Ich hatte das Gefühl zu ersticken. Und bekam Panik. Weil ich mich lebendig begraben fühlte.«

Und während mir Tally und Christian auf die Beine helfen, verfluche ich Tom. Der wie ein zwölfarmiger Krake in mir drinsitzt. Und den ich endlich aus mir rauskriegen muss.

Die Höhle im Rücken, atme ich die kühle, salzige Luft. Sehe in den Himmel. Werfe Tom in Gedanken über Bord. Und schreie so laut ich kann in den Wind. Maud, Tally und Christian schreien einfach mit. Nur der alte Wooley schweigt. Und schüttelt seinen Kopf.

18

Im Hotel werde ich bereits in der Bar erwartet. Honky Tonk trägt einen aberwitzigen rot-schwarz-karierten Kaminanzug. Mit einem schwarz glänzenden Revers aus Satin. Und schwarzer Hose. Und Henk sieht neben ihm aus wie der Taxifahrer, der auf das Trinkgeld wartet.

»Liebe Grüße von Luna. Sie fragt, ob du uns auf die Kreuzfahrt begleiten möchtest«, sagt Henk, nachdem er aufgestanden ist, um mir einen Platz vor dem Kamin anzubieten.

»Vielen Dank, aber ich werde zurück nach Berlin fahren.«

»Berlin kann doch warten«, sagt Henk.

»Aber ich nicht. Ich werde meine Liebe zu Tom nicht einfach als Illusion beiseiteschieben und so tun, als ob ich in meiner Ehe Bedürfnislosigkeit mit Glück verwechselt hätte. Erst wenn ich die Trennung von Tom verarbeitet habe, kann ich in der Gegenwart ankommen.«

»Was willst du in der Gegenwart?«, fragt Honky Tonk und bestellt bei Cerryth einen Gin Fizz.

»Das Licht und den Fernseher dann ausmachen, wenn ich es will. Und bei einem Date das Restaurant aussuchen, damit die Beleuchtung stimmt.«

»Sagt wer?«

»Sagt eine Expertin für Liebeskummer im Beauty- und Health-Teil eines englischen Modemagazins.«

»Könnte es sein, dass dich deine Ohnmacht ein wenig...«

»Von wem weißt du..?«, unterbreche ich Honky Tonk.

»Von Cerryth«, antwortet Henk und schiebt sich eine Handvoll Erdnüsse in den Mund.

»Cerryth? Wieso weiß Cerryth, dass ich ohnmächtig geworden bin?«

»Er weiß es von einer Friseuse... Missis Welliby? Wilbily? Woliby?«, sagt Honky Tonk.

»Willaby?«, korrigiere ich.

»Ja, genau die. Sie stand an der Rezeption, und als ich vorbeigegangen bin, habe ich gehört, wie sie von dir gesprochen hat«, antwortet Henk, immer noch Erdnüsse kauend.

»Und was hat sie gesagt?«

»Cerryth sagte: ›Guten Abend, Missis Willaby‹, und sie sagte: ›Cerryth, Sie Heuchler, haben Sie schon gehört, dass Curly-Red-Head ohnmächtig geworden ist?‹«

»Curly-Red-Head?!«, wiederhole ich fassungslos.

»Ja. Das bist du«, sagt Honky Tonk ungeduldig.

»Danke, Honky Tonk«, antworte ich und spüre, wie meine Geduld kurz davor ist, sich an ihrem eigenen seidenen Faden aufzuhängen.

»Aber gerne. Curly-Red-Head. Wenn Tom dich so sieht, darfst du dich wirklich nicht wundern, wenn er sofort nach Gretna Green abhaut.«

»Hat dir eigentlich schon jemand gesagt, dass du nicht einmal Haare hast!«, brülle ich einen halben Meter Pappmaché an. »Du hast auch kein Gehirn. Und kein Herz. Und du wirst niemals verstehen, was mich bewegt.«

»Also, mich bewegt Henk.«

»Noch«, sagt Henk genervt.

»Stimmt, denn bald wird Luna mich bewegen.«

»Luna?«, antwortet Henk irritiert.

»Einmal musste die Wahrheit ja ans Tageslicht. Luna heiratet dich nur, um in meiner Nähe zu sein.«

»Das hätte sie mir erzählt.«

»Du glaubst allen Ernstes, sie würde dir erzählen, dass sie mich liebt, weil sie dich liebt? Hallo?«

»Ja. Hallo! Das ist in deiner verdorbenen Pappmaché-Welt vielleicht nicht üblich, aber für mich ist das selbstverständlich«, zischt Henk und starrt wütend in das Kaminfeuer. Und ich nehme mir vor, jeden Fangreflex zu unterdrücken, sollte Henk Honky Tonk in die Flammen werfen. Stehe auf. Schiebe den Stuhl beiseite. Und sage:

»Ich muss jetzt gehen. Ich bin noch verabredet.«

»Um diese Uhrzeit? Mit wem?«, fragt Honky Tonk überrascht.

»Mit Christian.«

»Christian wer?«, will Henk wissen.

»Christian, der Vogelpräparator. Ich habe ihn heute Nachmittag kennengelernt.«

»Und? Was noch?«, fragt Honky Tonk.

»Er hat Humor... Und er ist Tallys Sohn.«

»Und was macht ihr?«, fragt Henk.

»Christian zeigt mir den Adonis-Pool.«

»Wie bitte?«, fragt Henk, und Honky Tonk ätzt:

»Na dann, viel Spaß. Wo ist der Swingerclub?«

»Der Adonis-Pool ist ein romantisches Naturfelswasserbecken, du Idiot.«

»Du nennst das einzige Wesen, das dich aufrichtig liebt, verehrt, vergöttert, einen Idioten! Wie kannst du so naiv sein und glauben, dass ein Tierpräparator ein wahres Interesse an deinen inneren Werten haben könnte? Es geht ihm doch nur um deine Hülle!«, sagt Honky Tonk und vergräbt seinen Kopf in Henks Revers, und ich überlege einen Augenblick lang, ob ich nicht einfach ins Bett gehen soll.

Christian wartet zwischen den beiden riesigen Kastanien, die am Anfang der Allee ein beeindruckendes Portal aus Blättern und Ästen bilden. Als ich über die knirschenden Steine des Kiesweges gehe, der vor dem Hotel einen Kreis bildet, und der lange Schatten von ›Horn's End‹ zu meinen Füßen liegt, weil der Mond sein helles Licht fast waagrecht auf die Insel wirft, höre ich ein verdächtig dumpfes Geräusch.

»Hast du das gehört?«, frage ich Christian und bleibe stehen.

»Das war nur ein morscher Ast, der zu Boden gefallen ist.«

»Das glaube ich nicht. Warte einen Moment. Ich bin gleich wieder hier.«

Ich finde Mister Horn unter seinem weit offenstehenden Schlafzimmerfenster. In einem Berg frischgemähtem Gras.

»Mister Horn? Alles in Ordnung?«

»Das war unbeschreiblich ... Ich bin geflogen«, höre ich seine vom Gras erstickte Stimme, und nach mehreren Versuchen, die an ein zappelndes Insekt erinnern, das versucht, auf die Beine zu kommen, schafft er es endlich, sich aus dem Grasberg zu befreien. Steht auf. Sagt mit einem verklärten Blick in mein Gesicht:

»Ich bin unsterblich.« Klopft sich ein paar Grashalme vom Pyjama. Wünscht mir einen wunderschönen Abend. Und geht durch den Personaleingang zurück ins Haus.

»War das nicht Mister Horns Stimme?«, fragt Christian, als ich wieder bei ihm bin.

»Ja. Er ist aus dem Fenster gefallen.«

»Um diese Uhrzeit?«

»Welche Rolle spielt die Uhrzeit bei einem Sturz aus dem Fenster?«

»So spät abends könnte Alkohol ein Grund sein.«

»Ist es aber nicht. Mister Horn ist einfach nur so aus dem Fenster gefallen.«

»Zum Vergnügen?«

»Sozusagen. Er hat sich befreit.«

»Ich würde sagen, er hat verdammt viel Glück gehabt, dass Percy ausgerechnet an dieser Stelle das gemähte Gras auf einen Haufen geworfen hat.«

»Auch das. Aber vor allem ist Mister Horn jetzt unsterblich.«

»Sagst du?«

»Sagt er.«

»Das ist ja eine sehr interessante Methode, unsterblich zu werden.«

»Unsterblichkeit hat keine Methode. Das ist eine Frage der Kultur. Und weil keine Kultur ohne den Kult der Vorfahren entsteht, brauchen wir alle Rituale. Sich aus dem Fenster zu hängen gehört genauso dazu wie die Zigarette danach oder die von Gebeten begleitete Beseitigung eines Häufchens menschlicher Asche. Was Mister Horn sich erhängt, das präparierst du dir zurecht.«

»Und das wäre...?«

»Lebendigkeit.«

»Was ist denn mit dir los? Hast du irgendwelche Drogen genommen?«

»Nein, aber ich habe mit einer Puppe aus Pappmaché zu Abend gegessen, und das kann einen ähnlichen Effekt erzeugen.«

Christian möchte Honky Tonk unbedingt kennenlernen und erkundigt sich nach seinen Augen. Und seinen Haaren.

»Er hat Gummiaugen, in denen die Pupille wackelt, wenn er den Kopf bewegt, und aufgemalte Haare.«

»Ich könnte ihm ein paar Glasaugen modellieren. Wenn die Augen nicht perfekt sind, können auch noch so glänzende Haare keine Lebendigkeit vortäuschen.«

»Hast du schon einmal einen Wurm präpariert?«

»Nein.«

»Könntest du?«

»Klar. Ich kann alles präparieren.«

»Alles?«

»Alles. Soweit das Gesetz es erlaubt.«

»Auch Fische?«

»Warum nicht? Mein Freund Ben ist eine echte Koryphäe im Fischepräparieren. Mit seinen Mikroskalpellen und Instrumenten aus der Augenchirurgie übertrifft er in punkto Detailversessenheit jeden Modelleisenbahner.«

»Kennst du Adrian Angst?«

»Was präpariert der?«

»Nichts. Er ist ein sehr guter Modelleisenbahner. Und Nachtwächter. Außerdem wird er der nächste Weltmeister im Luftgitarrespielen. Womit arbeitest du?«

»Kühltruhe. Skalpell. Pinsel. Zange. Harze. Einem Entfetter und...«

»Einem Entfetter?«

»Ja. Wieso interessiert dich das so genau?«

»Na ja, man trifft nicht jeden Tag einen Tierpräparator.«

»Wir sind gar nicht so wenige. Erst letztes Wochenende habe ich an der Weltmeisterschaft der Präparatoren teilgenommen. Einhundertvierzig Teilnehmer aus fünfundzwanzig Ländern.«

»Und was wurde da so prämiert?«

»Das beste Nasenloch einer Katze. Die perfekt modellierten Lefzen einer Hyäne. Oder die besonders rosig kolorierte Analöffnung einer Zwergfledermaus. Dieses Mal hat der besonders kritische Blick eines Jurors den Sieg meines besten Freundes verhindert, weil die Schnurrhaare seines »Eversmann«-Zwerghamsters zwar sehr gelungen, aber der Körper zu komprimiert war. Ich bin mit meinem Fasan auf Platz fünf gekommen«, sagt Christian, während wir in einen schmalen, mit wild wuchernden Sträuchern gesäumten Weg einbiegen.

Begleitet von dem Ruf eines Käuzchens, gratuliere ich Christian, der im Mondlicht und von dunklen langen Schatten umgeben irgendwie unheimlich aussieht, zu seinem fünften Platz, und während ich erfahre, welche Chemikalien er verwendet, um dem Federkleid eines toten Vogels zu neuem Glanz zu verhelfen, fühle ich mich wie in einem Horrorfilm, in dem die harmlose Einladung zu einem nächtlichen Spaziergang mit einer präparierten Leiche endet.

Um Christian vom Thema abzulenken, zeige ich auf eine

Kuhherde, die in der Nähe der Klippen weidet, und nachdem Christian einen kurzen Blick auf die schwarzweiß gescheckten Tiere geworfen hat, findet er:

»Vögel sind die anspruchsvollste Klasse. Alpenmurmeltiere, Weißwedelhirsche und Kühe sind viel einfacher. Aber noch einfacher wäre es, einen Menschen zu präparieren«, und sieht mich erwartungsvoll an.

Es gibt Sätze, denen möchte man nicht einmal bei Tageslicht begegnen. Dieser ist eindeutig einer davon. Und weil ein »Warum …« oder ein »Sehr interessant …« alles nur noch schlimmer machen würde, beschließe ich, dem Rätsel ausgestopfter Menschen, Kühe oder »Was-auch-immer-wedel-Hirschen« nicht auf den Grund zu gehen, konzentriere mich auf das Rätsel meines augenblicklichen Aufenthaltsortes und frage:

»Ist es noch weit bis zum Adonis-Pool?«

»Wir sind gleich da. Wir müssen nur noch an den aufgelassenen Silberminen vorbei. Dort hat mein Großvater gearbeitet. Im Vergleich zu seiner Arbeit ist mein Job ein wahres Kinderspiel. Sobald ich mich daran gewöhnt hatte, den Tod anzufassen, war das Abbalgen nicht mehr schwer.«

»Abbalgen?«, wiederhole ich und bleibe stehen.

»Na, das Fell über den Kopf ziehen.«

»Und dann …?«

»Wird der Körper aus Polyurethanschaum nachgeschnitzt. Die Beine mit Formalin aufgespritzt. Und der abgezogene Balg über den Kunstkörper modelliert. Zum Schluss koloriere ich die nackten Teile mit der Airbrush-Pistole. Und trage ein Mittel gegen Insektenfraß auf. Fertig. – Wir sind da.«

»Wo?«, frage ich und sehe mich nach einem Wasserloch um.

»Da oben«, sagt Christian und zeigt auf eine Stelle, die sich ungefähr dreißig Meter über uns befindet.

»Du willst mit mir da hinauf?«

»Ja. Du sagtest doch, dass du klettern kannst.«

»Ich sagte, dass ich schon einmal auf einem Berg war. Damit meinte ich aber einen Berg. Und keine Steilwand.«

»Das sieht nur so steil aus«, meint Christian, und eine Minute später folge ich ihm auf einen schmalen und beinahe senkrechten Pfad. Vermeide es, in die Tiefe zu sehen. Frage mich, warum ich überhaupt in den Adonis-Pool steigen will, wo ich doch auch mit Mister Horn oder dem alten Wooley einen Strandspaziergang machen könnte. Und überlege, mein Testament in der »To-do«-Liste meines Mobiltelefonkalenders zu hinterlassen. Damit die Nachwelt erfährt, dass ich bei dem Versuch, auf einen überhängenden Felsvorsprung zu klettern, in den sicheren Tod gestürzt bin und abgebalgt und aus Polyurethanschaum nachgeschnitzt, mit formalinaufgespritzten Beinen und Airbrush-koloriertem Körper – als warnendes Beispiel aufrecht stehend – an diesem Ort meine letzte Ruhe finden möchte. Hell beleuchtet. So dass ich auch nachts aus großer Entfernung gut sichtbar bin.

Wirklich interessant an dieser Art der Bestattung finde ich das Mittel gegen Insektenfraß, das auch Würmer vertreibt, die gerade und dynamische Körperhaltung und nicht nur die Aussicht auf einen glatten, rosigen Teint, sondern überhaupt die schöne Aussicht. Die auch Großvater gemocht hätte. Ich glaube, auf seinem Kompost stehend bestattet zu werden, mit Blick auf den Wannsee, die geliebten Würmer zu seinen Füßen, hätte ihm gefallen.

Mit weichen Knien und außer Atem erreiche ich, in Gedanken noch immer bei meiner Senkrechtbestattung, das Felsplateau, und während ich mich nach einer geeigneten Stelle für meine letzte Ruhestätte umsehe, zieht Christian in aller Ruhe seine Kleider aus. Springt nackt in das kristallklare Wasser. Und fragt, nachdem er mit einem Schwung auftaucht und seinen Kopf wild schüttelnd in den Nacken wirft:

»Was ist? Kommst du?«

Einen Augenblick später steige ich, nur mit Toms gelber Badehose bekleidet, in diesen steinernen Was-weiß-ich-warum-der-Adonis-Pool-heißt. Lasse mich fallen. Wie ein Vogel, der zum ersten Mal sein sicheres Nest verlässt, um den Sprung ins Ungewisse zu wagen, weil nur er die ersehnte Unabhängigkeit bringt. Und während mein Herz bis zum Hals schlägt, versuche ich möglichst gelassen zu wirken. Sehe, auf dem Rücken schwimmend, zu den Sternen und überlege, ob Christian auch einen Pechvogel wie mich neu kolorieren und zu neuem Leben erwecken könnte.

Christian liegt völlig ahnungslos an einer flachen Stelle in einer steinernen Wanne. Die Ellbogen aufgestützt. Den Kopf in den Nacken gelegt. Und während er in den Abendhimmel sieht, nehme ich all meinen Mut zusammen. Pfeife drauf, mich lächerlich zu machen. Verdränge jeden störenden Gedanken an: Tiefkühltruhen, Skalpelle und Formalin. Und weil jede Ehe ihre Spuren hinterlässt und ich verführungstechnisch ziemlich aus der Übung bin, frage ich:

»Würde es dich stören, wenn ich mit dir schlafen würde?«

Christian dreht seinen Kopf langsam zu mir. Lächelt, als ob ich gerade etwas sehr Komisches gesagt hätte. Schwimmt langsam auf mich zu. Und sagt:

»Die gelbe Badehose ist zwar etwas irritierend, aber ... Nein. Stören würde mich das nicht...«

»Auch nicht, wenn ich das tue, um jemanden zu vergessen?«

»Auch dann nicht.« Und als unsere Körper sich beinahe berühren, flüstert er mit einem tiefen Blick in meine Augen:

»Ich glaube zwar nicht, dass das so einfach funktioniert... Aber wir können es ja versuchen ...« Zieht mich zu sich. Küsst mich. Und ich denke nicht an Tom. Und nicht an Las Vegas. Sondern daran, dass jede Minute die Möglichkeit zu einem Ende, aber auch zu einem Anfang in sich trägt. Und während zahllose Sterne im kristallklaren Wasser des Adonis-Pools versinken, liebe ich, schwimmend, schwebend, Christian. Immer wieder. Bis zum Morgengrauen.

Als wir eng umschlungen zurück ins Hotel gehen, steigt die Sonne gerade aus dem Meer und wirft einen langen Schatten auf Las Vegas. Und ich habe zum ersten Mal seit langem das Gefühl, wirklich frei zu sein.

19

Martha… Martha… Wach auf…«

Als ich unter der Bettdecke hervorkomme, steht Henk vor mir. Eine Tasse Kaffee in der Hand.

»Ich habe eine Ewigkeit an deine Tür geklopft, und das Zimmermädchen hat schließlich aufgeschlossen…«

»Keine Angst. Ich lebe noch.«

»Was hast du mit deinen Haaren gemacht?«

»Meine Haare?«

»Ja … Die sehen so anders aus. Nicht uninteressant … aber irgendwie… verfilzt.«

Ich hebe meinen müden Körper aus dem Bett. Starre im Neonlicht eines dreifach zu öffnenden Allibert-Spiegelschranks auf unzählige größere und kleinere stark verfilzte Nester. Die meinen Kopf total entstellen. Und ihm eine surreal oktogonale Form verleihen. Und finde mich eigentlich ganz hübsch.

»Es geht mich ja nichts an … aber … Hat Christian irgendetwas an dir … präpariert?«, fragt Henk vorsichtig. »Du siehst irgendwie anders aus.«

»Ich habe Las Vegas gelöscht«, sage ich in Gedanken, während ich überlege, ob Missis Willaby die Nester entfernen oder gleich zur Schere greifen soll.

»Okay. Es hat also gebrannt. Letzte Nacht. In Las Vegas…?«, wiederholt Henk ziemlich irritiert. »Und wie hast du das Feuer gelöscht? Mit der bloßen Kraft deiner Gedanken? Mit Telepathie? Oder bist du geflogen? So wie Spiderwoman … oder Catwoman … nur ohne Schutzanzug.«

»Sehr witzig. Ich war mit Christian im Adonis-Pool.«

»Mit dem Tierpräparator.«

»Ja.«

»Das hört sich so bescheuert an, als ob du es erfunden hättest.«

»Hab ich aber nicht … und erzähl mir jetzt bloß nicht, dass dein Leben klischeefrei verläuft.«

»Versteh mich nicht falsch. Ich habe nichts gegen Klischees. Und auch nichts gegen Christian… Aber du solltest dich sehen.«

»Ich weiß. Was soll ich tun? Zu Missis Willaby gehen?«

»Also, wenn ich was für dich tun kann … ich bin im Frühstücksraum. Und übrigens, Tom ist im Anflug. Er will sich heute Nachmittag mit dir treffen.«

»Sagt wer?«

»Sagt er.«

»Und warum kann er mir das nicht persönlich sagen?«

»Weil du immer so emotional reagierst.«

»Sagt wer?«

»Sagt er.«

»Ich reagiere doch überhaupt nicht emotional, verdammt noch mal! Ich reagiere total rational. Ich bin ganz entspannt und habe mich seit Monaten nicht so gut gefühlt! So. Und jetzt möchte ich bitte allein sein.«

»Okay. Okay. Okay. Ich geh ja schon … Tom möchte

dich um vier Uhr im Bel Air Inn Hotel am Harbour Hill treffen.«

Henk kann gerade noch die Tür schließen, bevor mein Kopfkissen dagegen donnert, und während ich mich wütend zurück ins Bett fallen lasse, spüre ich einen stechenden Schmerz in der linken Hüfte, und wenig später fühlt sich mein linkes Bein an, als ob es aus Watte wäre. Ein einziges Wort mit drei Buchstaben hat es geschafft, mich so zu verspannen. Und während ich auf die Zimmerdecke starre, wünsche ich mir, dass sich das Wattegefühl in meinem Bein über meinen ganzen Körper ausbreitet. Alles aus Watte. Vor allem mein Gehirn. Damit das Nachdenken endlich aufhört.

Noch vor wenigen Wochen hätte ich mir nichts mehr gewünscht, als Tom zu treffen. Damals machte ich mich ganz klein und dachte, wenn ich mich gar nicht mehr bewege, tut es nicht so weh. Kleine Schritte. Keine Schritte. Nichts erwarten. Nur warten. Auf Tom. Aber heute? In der vergangenen Nacht habe ich etwas erlebt, was vor wenigen Tagen noch undenkbar schien. Ich habe geliebt. Ohne mich zu verlieben. Genommen. Ohne festzuhalten. Und habe mich auf ein Abenteuer eingelassen, von dem ich nicht wissen will, wie es enden wird. Ich lebe nicht in der Zukunft. Und will auch nicht in der Vergangenheit leben. Jetzt, heute, hier lebe ich. Und liebe ich. Mein Leben.

Nachdem das taube Gefühl im Bein weder nach einer heißen noch nach einer kalten Dusche verschwindet, bitte ich Cerryth, einen Arzt zu rufen, und der empfiehlt Missis Horn. Ausgebildete Osteopathin. Und Expertin für eingeklemmte Nerven.

Mit einem Kopftuch, das auch Queen Mum ganz vorzüglich zu Gesicht stehen würde, Gummistiefeln, einem Korb mit Blumenzwiebeln in der Hand und einem Mantel, der ohne Kragen und Ärmel auch als Kartoffelsack durchgehen würde, wirft Missis Horn wenig später mit einem leichten Kopfschütteln einen prüfenden Blick auf mich. Stellt ihre Blumenzwiebeln auf den Tisch. Zieht ihren Mantel und die Gummistiefel aus. Kniet sich neben mich ins Bett. Dreht mich auf den Bauch. Und sagt:

»Das habe ich mir gedacht... Sie sind ja ganz verspannt.«

»Ich weiß...«, sage ich mit schmerzverzerrtem Gesicht.

»Ein Wunder, dass Sie sich überhaupt noch bewegen können. Heben Sie einmal das linke Bein... Und jetzt das rechte.«

Missis Horn greift an eine bestimmte Stelle zwischen Hüfte und Wirbelsäule, und während sie auf mir herumknetet, will sie wissen, ob ich Einlagen trage. Und ob mit meiner Sexualität alles in Ordnung ist.

»Wa-a-a-rummm?«, antworte ich im Rhythmus ihrer Massage.

»Na, weil Ihre Rückenmuskulatur so hart ist, als würden Sie auf einem Nagelbrett schlafen. Ihre Nackenmuskeln sind hart wie Stein. Sie sitzen bestimmt viel? Wenn Sie nicht gerade auf einem Nagelbrett liegen...«

»Ne-ein-e-eigentli-i-i-ichn-i-i-i-chtme-ehralsje-e-e-dernorma-a-a-alemensch.«

»Als mein Mann anfing, sich aus dem Fenster zu hängen...«

»... Sie wissen da-a-as?«, unterbreche ich Missis Horn und vergesse für einen Moment meine Schmerzen.

»Natürlich weiß ich das«, antwortet Missis Horn.

»Aber Mister Horn denkt…«

»…Natürlich denkt er das. Und das ist auch gut so. Sonst wären wir vermutlich schon längst geschieden. Bevor Malcolm anfing, sich aus dem Fenster zu hängen, hatte er übrigens eine ähnlich verlagerte Muskulatur wie Sie.«

»Ich will mich aber nicht aus dem Fenster hä-ä-ängen. Warum sagen Sie Ihrem Mann nicht die Wa-ha-harheit?«

»Weil mein Mann, seit er in der Midlife-Crisis ist, alles, nur nicht die Wahrheit hören will. Er träumt von einem anderen Leben. Hat Flausen im Kopf. Sehnt sich nach Schmetterlingen im Bauch. Und benimmt sich wie ein junger Hund. Ach, was sage ich – noch viel schlimmer als Master Horny! Und zwar zu jeder Zeit.«

»Re-he-heden Sie doch mit ihm.«

»Mit Malcolm reden? Bei dem Satz: Schatz, wir müssen reden, würde er genauso die Flucht ergreifen, wie er das bei kritischen Fragen und bei Sätzen, die ein ›muss‹ enthalten, tut.«

»Ich kenne das. Dann schalten die Ohren auf Durchzug.«

»Aus Selbstschutz. Weil ihr Selbstwertgefühl äußerst verletzbar ist. Beziehungstechnisch sind Männer weitaus anspruchsloser als wir…«, findet Missis Horn.

»Aber genau das ist doch das Proble-he-hem. Wir Frauen sind nicht anspruchslos. Wir stellen Ansprü-hü-che. Pausenlos. Möchten Zuwendung. Wollen über uns und unsere Gefü-hü-hle reden können. Und wenn wir erst fra-ha-gen müssen, ob wir noch geliebt werden, und dann nur ein müdes ›Ja-ha-ha‹ kommt, vergeht uns doch jede Lu-hu-hust!«

»Für Malcolm wäre das viel zu kompliziert. Er würde gar nicht auf die Idee kommen, dass meine Sexualität etwas mit ihm zu tun haben könnte. Er würde niemals über mich und unsere Beziehung nachdenken. Er würde allerdings nach einer gewissen Zeit feststellen, dass sich etwas verändert hat. Und seinen Trieb woanders befriedigen.«

»Aber es gibt doch auch andere Mä-hä-hä-hänner...«

»Gibt es?«

»Bestimmt...«

»Also, ich spreche von meinem Mann. Malcolm Horn. Der am besten zuhört, wenn ich ihn bewundere. Und weil alle bisherigen Versuche, ihn zu verändern, gescheitert sind und ich keine Lust habe, mehr Energie zu verschwenden, konzentriere ich mich auf seine wenigen wundervollen Seiten. Liebe seine kleinen und großen Macken. Mache ihn nicht für mein Glück verantwortlich. Und lobe ihn, sooft es geht.«

»Und mit wem reden Sie über Ihre Probleme?«

»Ich rede so gut wie nie über Probleme.«

»Wie soll das denn gehen? Sind Sie ein Mensch oder eine Maschine?«

»Mit Alltagsproblemen gehe ich zu Cerryth. Und der bespricht die dann mit meinem Mann.«

»Ich habe aber keinen Cerryth.«

»Ja. Zu dumm. Ich finde, jede Ehe sollte einen Cerryth haben.«

»Aber es wäre doch schön, auch mit dem eigenen Mann über Alltagsprobleme reden zu können?«

»Und wo soll ich so einen finden? Auf der anderen Seite der Insel? Denken Sie nur nicht, dass dort bessere Exemplare warten. Ich lasse Malcolm, der manchmal aus Langeweile aus dem Fenster hängt und seinen Phantasien nachgeht, träumen. Dafür zerstört er meinen Traum vom Altwerden nicht. So ist das mit dem Glück.«

»Das ist doch ein fauler Kompromiss.«

»Warten Sie, bis Sie über fünfzig sind. Dann sehen Ihre Kompromisse auch anders aus.«

»Aber auch Malcolm wird älter.«

»Aber er kann im Unterschied zu mir noch immer Kinder zeugen und auch noch in seinem Alter jederzeit eine Frau finden, die ihre besten Jahre verschenkt, um ihr Genmaterial zu optimieren. Er bekommt Waschkörbe voll mit Liebesbriefen.«

»Mister Horn?«

»Ja. Viele Frauen, die in den Ferien zu uns kommen, sehen in Malcolm den perfekten Ehemann. Wenn er mit Master Horny spazieren geht. Sich rührend um die Gäste kümmert. Mit Komplimenten nur so um sich wirft. Immer höflich und zuvorkommend ist. Und auch für das Personal immer ein liebevolles Wort hat. Heute Morgen hat er mir sogar das Frühstück ans Bett gebracht. War ungewöhnlich gut gelaunt. Und schlug vor, an unserem Hochzeitstag zu verreisen. Die beiden ältesten Söhne wären alt genug, das Hotel eine Woche ohne uns zu führen ... Wie seltsam? Er wird doch nicht aus dem Fenster gefallen sein?«

Missis Horn zieht einmal mit einem kräftigen Ruck an meinem linken Bein, und nachdem ein deutliches Knacken zu hören war, sagt sie:

»Um die Durchblutung in Schwung zu bringen, empfehle ich die Antilope und lange Strandspaziergänge. Sollten Sie dabei meinem Mann begegnen, erzählen Sie ihm nichts von unserem Gespräch. Es würde ihn verwirren. Und der hohe Realitätsgrad würde ihn nur desillusionieren.«

Missis Horn zieht ihre Stiefel an. Wirft ihren Mantel über die Schulter. Nimmt den Korb mit den Blumenzwiebeln vom Tisch. Und sagt, bevor sie mit einem launigen »Cheers« verschwindet:

»Ich werde Ihnen eine Kopie der Antilope an der Rezeption hinterlegen.«

Weil ich weder meine Haare abrasieren noch die Nester ausschneiden und die kahlen Stellen bunt anmalen möchte, entscheide ich mich, eine Flasche Körperlotion zu opfern, und unter der Dusche gelingt es mir nach und nach, alle Nester bis auf ein paar gordische Knoten dicht über dem Nacken zu entwirren.

Während ich vornübergebeugt und mit nach unten hängendem Kopf meine Haare föhne, stelle ich mir vor, wie ich Tom gegenüberstehen werde. Selbstbewusst, bestens gelaunt werde ich ihm keinen Blick in mein Inneres gestatten. Und vor allem kein Bild des Jammers abgeben. Strahlend werde ich einfach nur dasitzen. Während Tom darauf wartet, dass ich den Scheidungsvertrag unterschreibe... Weil ja schon alles gesagt ist...

Und weil ich zu gerne einen Blick in meine Zukunft werfen würde, mache ich mich wieder einmal auf die Suche nach Madame Charlotte und bin ziemlich überrascht, als ich sie umringt von drei Schrankkoffern und mehreren Reisetaschen in der Hotelhalle treffe.

»Madame Charlotte, Sie reisen ab? Und meine Zukunft?«

Madame Charlotte gibt Cerryth ihre Kreditkarte und

sagt mit einem geheimnisvollen Blick über den Rand ihrer schwarzen Brille:

»Sie müssen sich noch einmal verirren, um zu sich zu finden.«

»Ist das alles?«, frage ich etwas ratlos.

»Das ist alles«, sagt Madame Charlotte und setzt sich mit ihrer Kofferkarawane in Bewegung.

Cerryth empfiehlt mir ein Navigationssystem, das ich auf mein Mobiltelefon laden kann. Und flüstert hinter vorgehaltener Hand:

»Nora hat mich gestern Nacht besucht. Sie ist plötzlich wie ausgewechselt. Ich wusste es. Frauen muss man nur warten lassen. Dann kommen sie von selbst.«

Madame Charlotte dreht sich, bevor sie das Hotel endgültig verlässt, noch einmal um. Ruft mit ihrer tiefen, kehligen Stimme:

»O-re-vua-ha! ... Grüßen Sie Maud von mir!«, und ich beschließe, Cerryth nichts von meiner Begegnung mit Nora zu erzählen, flüstere stattdessen: »Gratuliere«, und erkundige mich, ob Maud schon gefrühstückt hat.

»Maud war heute Nacht gar nicht im Hotel«, sagt Cerryth, während er ihren Zimmerschlüssel zwischen Daumen und Zeigefinger baumeln lässt. Nachdem ich ihn überreden konnte, mir ihr Zimmer zu öffnen, verrät ein kurzer Blick auf das Bett und ihr kleines Büchlein, in das sie ihre Notizen schreibt und das verschlossen neben dem Teleskop liegt, dass Cerryth die Wahrheit gesagt hat. Mauds letzte Notiz ist zwei Tage alt und beschreibt keine Sterne, sondern Details der Insel. Vor allem die rund um Tallys Haus, das durch ihr Fernrohr sehr gut zu sehen ist.

Wenig später lehne ich mein Fahrrad an die bröckelige Mauer der kleinen Kapelle und finde Maud auf der Wiese dahinter. Mit sechs Holzpflöcken und einem Draht ist sie gerade dabei, die Maße des Aussichtsturms abzustecken. Geht im Stechschritt auf und ab. Kratzt sich am Kopf. Sieht in den Himmel. Steckt den Zeigefinger in den Mund. Hält ihn in den Wind. Und ist gar nicht überrascht, als ich neben ihr stehe.

»Ist das nicht der perfekte Platz, um in den Himmel zu schauen?«, sagt sie gut gelaunt. Gibt mir einen Kuss auf die Stirn. Stellt sich in die Mitte der sechseckigen Fläche. Und zeigt auf ihre Füße:

»Hier wird ein offener Kamin stehen. Im Sommer können die sechs großen Fenster einfach zur Seite geklappt werden. Und im Winter wird ein dicker Vorhang dafür sorgen, dass es nicht zu sehr zieht. Ich kann es kaum erwarten, die erste Nacht in dem Turm zu verbringen.«

»Madame Charlotte lässt dich grüßen. Sie ist abgereist.«

»Bist du hierhergekommen, um mir das zu erzählen?«

»Du hast heute Nacht nicht in deinem Zimmer geschlafen.«

»Du auch nicht.«

»Woher weißt du?«

»Das kann ich sehen. Christian hatte heute Morgen, als er nach Hause kam, einen ähnlichen Zug um die Mundwinkel wie du. Kaffee oder Tee?«

In der Küche sieht es aus, als ob ein Tornado eine Schneise der Verwüstung gezogen hätte, und während ich über alte Vogelmagazine, verkohlte Töpfe, Tassen mit abgebrochenen Henkeln, angebrochenes Geschirr und Gläser mit und ohne Sprung steige, sagt Maud, als sie meinen staunenden Blick bemerkt:

»Ich habe angefangen aufzuräumen.«

»Du kennst Tally gerade eine Woche und kramst schon in seinen Schubladen? Wo findet in eurer Resonanzbeziehung denn bitte die Entfernung statt?«, frage ich, schiebe einen Stapel alter Telefonbücher beiseite und setze mich in den alten Korbstuhl, in dem Maud saß, als wir Tally das erste Mal besucht haben.

»Tally hat mich darum gebeten. Er wollte schon länger Ordnung in dieses Chaos bringen.«

»Und du hast ihm nicht erklärt, dass Chaos ein wesentlicher Bestandteil unserer Existenz ist?«

»Gut aufgepasst«, sagt Maud. Setzt den Wasserkessel auf den Herd, als ob sie ihr halbes Leben in dieser Küche verbracht hätte. Legt ein paar Scheiben Toast auf einen Teller. Stellt Butter, Marmelade und Honig auf den Tisch. Und ich sehe durch die offene Terrassentür auf die kleine Kapelle.

»Was denkst du?«, fragt Maud, während sie kochend heißes Wasser in eine Teekanne kippt.

»Nichts.«

»Das ist unmöglich. Du kannst nicht nichts denken. Das ist undenkbar. Weil es keinen Punkt außerhalb deines Denkens gibt. Denken ist wie atmen. Hörst du damit auf, hörst du auf zu leben.«

»In einer Stunde treffe ich Tom, und mir geht so vieles auf einmal durch den Kopf, dass ich, um deine Frage zu beantworten, einen Tag, eine Woche, ein Jahr antworten könnte. Und trotzdem würde ich scheitern. Weil ich die vielen übereinander- und ineinanderliegenden Schichten meiner Gedanken unmöglich in Worte fassen kann. In meinem Kopf passiert so viel mehr, als sich aussprechen lässt.«

»Das ist so. Sobald wir unser Denken Wort für Wort wiedergeben sollen, sind wir eingeschlossen im Gefängnis unserer Sprache. Es ist ein wenig wie das Flüstern in der Gorey Souffleur. Je mehr wir versuchen, unsere Gedankenwelt im Detail zu beschreiben, umso mehr erkennen wir, dass wir niemals alle darin verborgenen Dimensionen in Worte fassen können.«

»Wo ist eigentlich Tally?«, frage ich nach einem Schluck Tee.

»Tally ist auf der Post, um einen Brief für mich abzugeben.«

»Was für einen Brief?«

»Ich habe dem Altersheim geschrieben, dass ich nicht wieder zurückkomme. Ich werde hierbleiben, Martha. Ich habe meinen Platz gefunden.«

»Also doch ein Punkt!«

»Nein. Kein Punkt. Das hier ist mein Universum. Nachdem ich Australien verlassen habe, dachte ich, mein Glück liegt in den Sternen, und ich sehnte mich danach, ein Stück vom Himmel zu berühren. Aber mir fehlte der Mut zu fliegen. Bis ich hierhergekommen bin.«

»Wollt ihr heiraten?«

»Wozu? Weißt du eigentlich, dass in Großrussland der Bräutigam der Händler und die Braut Ware genannt wurde?«

»Das ist lange her.«

»Aber eine Ehe ist für mich auch heute nichts anderes als ein Tauschgeschäft, das dem Bedürfnis nach Sicherheit dienen soll. Wir tun so, als ob wir allzeit bereit wären, in diesem Handel alles zu geben. Nur um die Gewissheit zu gewinnen, alles zu bekommen. Und alles zu behalten. Obwohl wir wissen, dass wir in diesem Tausch nicht gewinnen können, ohne auch zu verlieren. Weil wir die Freiheit verloren haben, uns misszuverstehen.«

Maud nimmt eine Zwiebel aus einer Schüssel und hält sie hoch: »In unserem Universum kann theoretisch der Flügelschlag eines Schmetterlings in der Karibik auf der anderen Seite der Welt einen Wirbelsturm hervorrufen. Da gibt es keine Verträge. Und keine Regeln. Das Universum, in dem wir leben, ist aufgebaut wie eine Zwiebel. Welten. In Welten. In Welten. In Welten. Und schon mit einem Vergrößerungsglas könntest du deine Welt verlassen, um in diesem glasklaren Wassertropfen, der gerade aus dem Wasserhahn fällt, eine ganz andere Welt zu entdecken, in der ganz sonderbare Lebewesen schwimmen.

Mit einem Elektronenmikroskop kannst du Bilder millionenfach vergrößern. Und mit einem Atomkraft-Mikroskop eröffnet sich dir die Welt der Moleküle, in der deine Welterfahrung nichts mehr zählt. Eine Welt, in der jedes Atom weniger als ein Millionstel Millimeter misst.«

»Entschuldige, aber das ist mir zu klein«, antworte ich und beiße eine Ecke von meinem Marmeladentoast ab.

»Es geht noch kleiner, Martha. Allerdings kann sich nur noch die Mathematik ein Bild von den Strings machen. Ihr Größenverhältnis ist das unseres Sonnensystems zu einem Atom.«

»Maud, solltest du vorhaben, mich durch diesen Vortrag zu beruhigen, erreichst du genau das Gegenteil. Mich macht die Vorstellung, dass gerade ein riesenhaftes Wesen durch ein Mikroskop blicken könnte, um mich zu betrachten, nervös. Für dieses Wesen wäre meine Welt nichts anderes als eine Zelle? Und ich eines von zahllos umtriebigen Tierchen, die auf unterschiedlichste Art ihre Aufgabe erfüllen?«

»Dieses Wesen müsste uralt sein, und die Wahrscheinlichkeit, dass es ausgerechnet dich entdecken würde, ist so gut wie unmöglich, weil das Licht, das uns heute am Leben erhält, aus einer Zeit kommt, in der die Menschen noch gar nicht existierten«, sagt Maud und beißt auf ein Stück Kandiszucker.

»Es ist mir ziemlich egal, wie alt dieses Wesen wäre. Ich habe ein ganz großes Problem damit, so klein zu sein.«

»Voyager 1 ist von der Erde zurzeit über 11,817 Milliarden Kilometer entfernt, und sogar nach dreiundzwanzig Jahren treffen noch immer Funkimpulse auf die Erde. Allerdings dauert es mittlerweile über zehn Stunden, bis sie uns erreichen.«

»So lange hat es gedauert, um von Berlin nach Sark zu kommen. Mit einer Übernachtung.«

»Voyager 1 fliegt aber nicht in die Ferien, sondern zur Heliopause.«

»Heliopause?«

»Das ist der Grenzbereich, in dem der Sonnenwind und das interstellare Gas aufeinandertreffen. In zwanzigtausend Jahren wird Voyager 1 den Kometengürtel der Oortschen Wolke passieren, der unser Sonnensystem umhüllt. Und in hunderttausend Jahren wird sie unseren nächsten Nachbarn in unserem Sonnensystem erreichen. Alpha Centauri. Aber jenseits dieser Sterne existiert noch eine weitaus größere

Struktur. Die Galaxie. Ich könnte dir in meinem Fernrohr die Kante unserer Galaxie zeigen. Unsere Milchstraße dehnt sich über Hunderttausende von Lichtjahren aus, und die riesigen Sternennebel bestehen aus Milliarden Einzelsonnen. Wir leben im Orion-Arm eines solchen Spiralnebels.«

»Okay. Du wirst also nicht heiraten.«

»Wir können zwar das Wetter vorhersagen, werden aber niemals wissen, wohin jeder Wassertropfen fallen wird. So, wie ich jeden Tag lerne, ohne je zu wissen, kann ich doch auch lieben, ohne je zu besitzen.«

»Ich kann das nicht. Meine Frustrationsgrenze ist diesbezüglich sehr gering. Wenn ich etwas liebe, will ich es haben. Punkt.«

»Weißt du eigentlich, woraus du bestehst?«

»Aus Fleisch und Blut?«

»Aus zehn Billionen Zellen. Das ist eine Eins mit dreizehn Nullen. Hauptsächlich bestehst du aus Kalzium. Kalium. Und Kohlenstoff. Wenn ein Stern verlischt, schleudert er in einer spektakulären Gaswolke genau diese Elemente ins Weltall. Du bestehst aus Sternenstaub, meine liebe Martha.«

Christian kommt barfuß, mit verfilzten Haaren und unrasiert, in T-Shirt und einer gestreiften Pyjamahose in die Küche. Begrüßt Maud mit einem höflichen »Good morning, madam« und mich mit einem Kuss auf die Wange. Schenkt sich eine Tasse Tee ein. Redet über den Aussichtsturm. Den Wind. Das Wetter. Und dass er die Fähre in einer guten Stunde nicht verpassen darf, weil er noch heute Abend in Manchester einen Zoodirektor aus Sidney treffen muss.

Plötzlich fliegt eine Amsel in die Küche. Setzt sich auf Mauds Schulter. Springt von dort auf Christians Kopf. Holt sich ein paar Brotkrümel unter dem Tisch. Klettert an mir hoch, als ob mein Bein ein Ast wäre. Und fliegt von meinem Knie wieder zu Maud.

»Wenn Balthasar auftaucht, ist auch mein Vater nicht weit«, sagt Christian, und Maud geht auf die Terrasse und sieht Tally, der gerade die kleine Bucht hinter sich gelassen hat und an dem blühenden Sommerflieder vorbeigeht, auf dem Tausende Admiral-Schmetterlinge sitzen, um von dem süßen Nektar zu naschen.

Christian zieht mich aus der Küche. In die kleine Kapelle. Die bei Tageslicht ganz trostlos aussieht. Weil alle Vögel ausgeflogen sind. Und nachdem wir uns in die Kirchenbank direkt vor den Altar gesetzt haben, breitet er seine Arme weit aus. Legt seinen Kopf in den Nacken. Sieht in die morschen Dachbalken. Und sagt:

»Hier saß ich als Junge oft stundenlang und habe in den Tag geträumt.«

»In einer halben Stunde treffe ich Tom im Harbour Hill Hotel. Er will, dass ich die Scheidungspapiere unterschreibe.«

»Unterschreib sie doch. Was hast du zu verlieren?«, sagt Christian und legt seinen Arm auf meine Schulter.

»Meinen größten Traum?«

»Träume gibt es so viele wie Sand am Meer. Mein Großvater hat mir, als ich ein kleiner Junge war, beim Angeln immer von den launischen, mordlüsternen Töchtern des Kriegsgottes Ares erzählt. Eingeschnürt in gepanzerte Rüstungen und schwer bewaffnet hatten sie ihre eigenen Heere und trennten sich die rechte Brust ab, um beim Speerwerfen und Bogenschießen den Männern in nichts nachzustehen. Damals träumte ich davon, mit so einer Frau zu kämpfen.«

»Ich dachte, du hattest eine idyllische Kindheit?«

»Vielleicht etwas zu idyllisch? Wirst du auch hierbleiben?«

»Ich kann nicht. Ich muss nächste Woche nach Shanghai. Und wenn ich zurück bin, werde ich mich wahrscheinlich auf Wohnungssuche machen. Henk hat mir zwar angeboten, dass ich bei ihm wohnen kann, solange er mit Luna auf Kreuzfahrt ist. Aber unter Toms neuem Leben zu wohnen ist keine besonders gute Voraussetzung, um mein aus dem Gleichgewicht geratenes Dasein wieder geradezubiegen. Kannst du die Antilope?«

»Also, ich kenne einen Neuseeländer, der sie sehr gut präparieren kann...«

Ich ziehe eine Fotokopie aus der Hosentasche und sage, während ich mit meinem Finger auf ein kleines Strichmännchen, das neben einem A kniet, zeige:

»Ich meine die Antilope aus dem Kamasutra. Du kniest dich A) vor mich hin, wobei dein linkes Bein im rechten Winkel gebeugt bleibt. Ich setze mich B) auf deinen linken Schenkel, umarme dich, während du mich C) langsam hochhebst, und umschlinge dabei D) deinen Rücken mit meinen Beinen. Lasse E) meinen Oberkörper vorsichtig nach hinten auf den Boden sinken, bis ich F) meine Hände flach vor deinen Füßen aufstellen kann. Und...«

»... wie soll ich dich dann küssen?«, unterbricht mich Christian.

»Missis Horn findet, ich sei schief, und sie sagt, so werde ich auf jeden Fall wieder gerade.«

»Und ich?«

»Also darüber haben wir nicht gesprochen. Eine Alternative wäre, mich aus dem Fenster zu hängen.«

»Das ist mir zu hoch.«

»Mir auch.«

Christian nimmt meine Hand, sieht auf meine Armbanduhr und sagt:

»Ich muss langsam los«, steckt die Fotokopie ein. Umfasst meine Hüfte. Drückt mich an sich. Und sagt betont ernst:

»Eigentlich wollte ich die Amazonenkönigin Thalestris heiraten. Sie war mit dreihundert Gefährtinnen zu Alexander dem Großen gereist, nur um dreizehn Tage später schwanger von ihm den Rückweg anzutreten.«

»... und du warst in deinem Traum natürlich Alexander der Große...«

»Klar. Und Theseus, der die Amazonenkönigin Antiope eroberte. Und Achilles, der sich in Penthesilea verliebte.«

»Aber doch erst, nachdem er sie erschlagen hat.«

»Das habe ich damals noch nicht so genau verstanden. Und auch heute könnte ich dir die Liebe nicht erklären. Ich ahne nur, dass man, wenn man sie erleben will, von etwas Höherem ausgehen muss als von Glück oder Unglück, Treue oder der Sehnsucht nach dem ewigen Glück.«

»Ist es nicht seltsam, dass wir die entferntesten Orte unserer Galaxie aufsuchen, um sie zu verstehen, während wir mit einem Achselzucken hinnehmen, dass wir uns andauernd missverstehen? Immer wieder? Streit für Streit? Krieg für Krieg?«

»Küssen ist ziemlich gut gegen Missverständnisse«, sagt Christian und umarmt mich.

»Küssen?«

»Ja. Und tanzen. Wir küssen und tanzen viel zu wenig.«

Christian gibt mir einen langen, zärtlichen Kuss, und ich löse mich aus seiner Umarmung. Flüstere: »Ich will erst tanzen.« Laufe aus der Kapelle. Und Christian fängt mich ein. Wirbelt mich im Kreis. Hebt mich hoch. Und singt, während er mich huckepack zu meinem Fahrrad trägt: »She is dancing...« von Brian Kelly. Eines meiner Lieblingslieder. Und ich habe solche Sehnsucht nach dem Glück, dass ich den Augenblick am liebsten gleich wieder zu einer Ewigkeit machen möchte. Obwohl ich weiß, dass es noch eine kleine Ewigkeit dauern wird, bevor in meinem Leben ein Augenblick wieder zu Liebe werden kann.

»She is dancing. He is dreaming. She is dancing. I am dreaming again. And I'll love her, for ever. I'll love her, till the end«, singt Christian. Stellt mich vorsichtig auf den Boden. Und ich sage zum Abschied:

»He is dreaming.« Gebe Christian einen kleinen Kuss auf die Nasenspitze. Steige auf mein Fahrrad. Und mache mich auf den Weg.

20

Im Restaurant Bel Air am Harbour Hill sind nur wenige Tische besetzt. Die meisten Gäste haben bereits gegessen und trinken in der Lobby Tee. Oder lesen vor dem Kamin.

Ich setze mich so, dass ich aus dem Fenster sehen kann. Und würde am liebsten gleich wieder gehen. Kein Wiedersehen. Keine Scheidung.

Die Vorstellung, der Trennung so lange aus dem Weg zu gehen, bis es mit der neuen Frau wieder vorbei wäre, hätte mir vor wenigen Wochen noch gut gefallen. Aber jetzt erzeugt dieses Bild kein Gefühl der Hoffnung, sondern eines der Hoffnungslosigkeit.

Als wir uns trennten, lief Toms Uhr einfach weiter. So, als ob nichts geschehen wäre. Während meine Uhr stehenblieb. Ich zog mich zurück in eine Luftblase, die mich Vergangenheit atmen ließ. Und umgeben von einer dünnen Haut, die jeden Augenblick platzen konnte, saß von dem Tag an die Angst in meinem Nacken. Lag auf der Lauer. Und nagte gefräßig an meiner Hoffnung. Jeder Schritt wurde zu einem Balanceakt. Nur nicht das Gleichgewicht verlieren. Obwohl ich nur noch aus einer Hälfte bestand.

Als Tom das Restaurant betritt, sieht er in seinem Anzug, den auf Hochglanz polierten handgenähten Schuhen, dem gelben Kaschmirschal und einem Gesichtsausdruck, als ob er eine australische Reptilienshow begutachten würde, aus wie Honky Tonk.

Ohne mich wahrzunehmen, geht er an mir vorbei. Bleibt stehen. Dreht sich um. Und sagt:

»Martha?«

»Hallo, Tom. Lange nicht gesehen.«

»Diese Frisur macht einen anderen Menschen aus dir. Gibt es auf der Insel keinen richtigen Friseur?«

»Doch. Natürlich. Aber das falsche Klima.«

Tom räuspert sich, wie er das immer macht, wenn er etwas nicht versteht, und setzt sich so, dass wir uns gegenübersitzen.

»Du hast dich gar nicht verändert«, sage ich lächelnd und suche einen vertrauten Blick.

»Tja, warum auch? Ich habe ein paar Unterlagen mitgebracht, die du dir ansehen solltest.«

Tom reicht mir eine Klarsichthülle, in der ein paar dichtbeschriebene Blätter lose liegen. Bestellt für mich einen Kaffee. Und für sich ein Wasser. Und sagt:

»Du bekommst den Wagen. Die Möbel. Und eine einmalige Abstandszahlung für die Wohnung...«

Die Kellnerin unterbricht Toms Vorstellung von meinem zukünftigen Leben. Stellt meinen Kaffee vor Tom und das Wasser vor mich hin, und während ich nach meinem Kaffee greife und Tom nach seinem Wasser, frage ich:

»Wie geht es dir?«

»Danke, gut. Und dir?«, antwortet Tom vollautomatisch.

»Nicht besonders gut. Ich frage mich, wie es so weit kommen konnte?«

»Was willst du hören? Was zu Ende ist, ist zu Ende. Das bringt doch jetzt nichts.«

»Du könntest wenigstens versuchen, es zu erklären. Und wenn dir keine Erklärung einfällt, könntest du dich wenigstens entschuldigen.«

»Würde das etwas verändern? Würde es dir bessergehen, wenn ich auf Knien von Berlin nach Sark gerutscht wäre?«

»Du könntest wenigstens in Gedanken knien.«

»Martha, ich will nicht mehr über die Vergangenheit reden«, sagt Tom und hält seine Hände wie zum Gebet verschränkt, »ich war an einem Punkt in meinem Leben angekommen, an dem ich etwas verändern musste, und das hatte nichts mit dir zu tun.« Spricht dann aber doch von früher. Als er sich in mich verliebt hat. Und nachdem er die neue Frau in seinem Leben mit keinem Wort erwähnt, wächst in mir die Hoffnung, dass er vielleicht doch bereut. Weil er erkennt. Und als er uns auch noch wünscht, dass wir beide glücklich werden, sage ich:

»Ist es nicht seltsam, dass wir uns so weit entfernen mussten, um uns wieder näherzukommen?«

»Tja...«, sagt Tom irritiert. Nimmt einen großen Schluck Wasser. Betont, dass es ihm wirklich nicht leichtgefallen ist. Und es für ihn wie in der Hölle war. Dieses Gefühl, im Leben alles erreicht zu haben. Und trotzdem diese gähnende Leere. Und diese Zweifel. Aber als die Umzugskartons gepackt und seine Möbel abgeholt wurden, da...

»Da...?«, hake ich neugierig nach, weil Tom eine kurze Pause macht, um die Kellnerin zu rufen.

»Da war ich wirklich froh, als es vorbei war.«

»Meinst du mit ›es‹ mich?«, frage ich und spüre einen

Stich in der Magengrube. Einen Tritt in die Kniekehle. Und einen Schlag auf die Zwölf. »Ich dachte, es tut dir leid.«

»Tut es mir ja auch. Aber das Leben geht weiter… Meine jetzige… ich meine… meine zukünftige Frau, die…«

»… ist bestimmt so wie deine Mutter«, rutscht es mir heraus.

»Warum weißt du… ich meine… Was ich sagen wollte, ist… warum nicht? Damit kenne ich mich aus. Damit kann ich umgehen. Keine bösen Überraschungen. Kein Stress. Sie nimmt mich so, wie ich bin. Und meckert nicht.«

»Noch nicht…«

»Außerdem bin ich nicht so gut im Alleinsein wie du.«

»Nicht so gut im Alleinsein wie ich?!«, wiederhole ich. »Weißt du eigentlich, wie einsam meine letzten Monate waren? Wie sehr mich dein verlogener Abgang ausgehebelt hat? Wie ich seitdem versuche, nicht den Boden unter den Füßen zu verlieren? Auf der Suche nach den richtigen Antworten? Auf der Suche nach den richtigen Fragen? Was waren all die vergangenen Jahre? In denen ich glaubte zu wissen, wer du bist? Und was ich tue?«

Tom sieht sich verlegen um. Zischt:

»Nicht so laut, Martha…«, und ich würde ihm am liebsten ins Gesicht springen. Stattdessen stehe ich auf. Sage, dass er aussieht wie ein eitler Affe. Und gehe aufs Klo. Um zu heulen.

Als ich wiederkomme, ist Tom gegangen. Dafür liegt ein Zettel auf dem Tisch:

»Wir sehen uns morgen gegen zwei Uhr im Hotel. Bis dahin hast du dich hoffentlich beruhigt und den Vertrag unterschrieben.«

Ich bezahle meinen Kaffee. Frage mich, während ich mir meine Nase mit einer Papierserviette putze, wie ich jemals in Tom Heinz etwas anderes als den fünften apokalyptischen Reiter sehen konnte. Und weil ich keine Lust auf Mauds Universum und Henks Doppelconférence habe, fahre ich mit dem Fahrrad einfach los. Beobachte aus der Ferne, wie die Passagiere nach Guernsey auf die Fähre gehen. Versuche, Christian an Bord zu entdecken. Und lande schließlich irgendwie auf dem Weg zur Platrue-Bay.

Und während ich wütend in die Pedale trete, fühle ich mich wie eine alte Schraube. Die gegen eine neue ausgetauscht wurde. Wie erbärmlich Toms Worte in mir nachklingen:

»Du bist meine große Liebe. Ich werde immer für dich da sein...«

Auch diese Worte – Schrauben. Nichts als Schrauben. Die im Ohr der Nachfolgerin bereits perfekt verschraubt für eine gemeinsame Zukunft sorgen sollen. Inklusive Mutter.

Meine Mutter warf Großmutter Amalie jedes Mal, wenn sie mit meinem Vater Krach gehabt hatte, vor, ihn zu dem Mann gemacht zu haben, mit dem sie jetzt ihre Plage hatte. Amalie war stellvertretend für den Großteil der Mütter schuld daran, dass Söhne entweder total verwöhnt in dem Glauben aufwachsen, die Besten und Größten zu sein. Oder zu Jetzt-setz-dich-mal-durch-und-lass-dir-das-nicht-gefallen-Monstern erzogen wurden. Aber Verantwortung übernehmen? Über sich selbst nachdenken? Sich selbst in Frage stellen? Das müssen Söhne so gut wie nie. Deswegen ist für sie das Wort »reflektieren« auch ein Fremdwort. Amalie verteidigte sich. Sah das eigentliche Übel in der Erziehung meiner Mutter. Die wiederum von ihrer Mutter viel zu viel Reflexion mitbekommen hätte. Und jedes Mal, wenn meine Mutter und Amalie innerhalb dieses Themas in Erregung gerieten, kam Maud und legte eine Schallplatte, meist von Juliette Gréco, auf den Plattenspieler. Drehte auf maximale Lautstärke. Und fing an zu tanzen.

Für Maud ist das ganze Leben ein einziges Erregungsmuster, in dem elektromagnetische Prozesse in ihrer Gesamtheit unser Verhalten steuern. Sie nennt es »mit den Neuronen tanzen«. Mal schnell. Mal langsam. Mal fröhlich. Mal traurig. Aber es ist immer ein kosmischer Tanz, der uns bewegt.

»Und Gott macht die Musik?«, sagte meine Mutter wütend und drehte Juliette Gréco wieder leiser. Sie war so außer sich, wenn mein Vater nicht zuhörte. Sich nur um seinen Kram kümmerte. Nur tat, was ihm Spaß machte. Und keine Verantwortung übernahm. Mein Vater sah das natürlich ganz anders. Wenn es so aussah, als ob er nicht zuhöre, dann, weil er pausenlos darüber nachdachte, was er für seine kleine Familie tun könne, damit es ihr gutgehe. Und statt zu viel Verantwortung würde er doch viel mehr Vertrauen verdienen. Sein Kram war doch schließlich auch unser Kram. Und sein Spaß sollte doch auch unser Spaß sein.

Die späte Nachmittagssonne wirft ein silbernes Licht auf das Meer, das aussieht, als ob es aus Schildpatt wäre. Und als sich der kleine Feldweg teilt und ich mich umsehe, entdecke ich Chuck zwischen den Büschen. Als er mich sieht, wedelt er. Kommt auf mich zu. Springt an mir hoch. Geht ein paar Schritte. Bleibt stehen. Bellt. Sieht sich um. Und läuft immer, wenn ich zu ihm gehe, weiter. Dieses Spiel wiederholt sich einige Male. Bis ich den Eindruck habe, er möchte, dass ich ihm folge.

»Würde es mein Leben verändern, wenn du mit mir sprechen könntest?«, frage ich ihn, nachdem ich das Fahrrad gegen einen Strauch gelehnt habe und Chuck über mehrere größere Steine gefolgt bin, die zu einem Trampelpfad führen. Er bringt uns zu einer kleinen Bucht, die ich bisher noch nie gesehen habe. Als wir einen schmalen Sandstrand erreichen, steht die Sonne so tief, dass sie aussieht, als ob sie auf dem Meer liegen würde, und die Felswände strahlen, als wären sie in Honig getaucht.

Chuck verschwindet in einem halbrunden Bogen im Fels, und ich folge ihm und stehe wenig später in einem ovalen Raum, der, vom Sonnenlicht erhellt, eine beinahe heitere Atmosphäre verbreitet. Ein breiter, leicht ansteigender Gang führt uns in einen riesigen Höhlenraum, in den durch ein großes Loch in der Decke Tageslicht einfällt, und ganz anders als in der Dixcart-Bay habe ich hier weder ein bedrückendes noch ein eingeschlossenes Gefühl. Chuck wedelt aufgeregt. Springt immer wieder an mir hoch. Und es scheint, als wäre der kleine Kerl richtig froh, mich bei sich zu haben.

In gut zehn Meter Höhe zieht sich eine Galerie quer durch die Höhle, und an der dunklen Verfärbung im Stein kann ich erkennen, dass die Flut die Galerie nicht erreichen kann. Plötzlich höre ich Chucks Bellen von dort oben, und als er wenig später wieder neben mir steht, folge ich ihm zu einer Stelle an der Höhlenwand, wo natürliche Stufen in unregelmäßigen Abständen nach oben führen.

Je höher ich steige, umso magischer wird der Blick. Und obwohl ich in einem geschlossenen Raum bin, habe ich das Gefühl zu schweben. Vorsichtig steige ich Stein für Stein immer höher. Nehme mir vor, Maud und Tally diesen Ort gleich morgen zu zeigen. Fahre Chuck immer wieder durch sein struppiges Fell. Und sage: »Morgen treffen wir uns zur selben Zeit an derselben Stelle wieder, okay?«

Chuck neigt seinen Kopf etwas zur Seite. Winselt. Nimmt die letzten beiden Stufen auf einmal. Und als ich auf der Galerie stehe, erkenne ich das gigantische Ausmaß des Lichtkegels, ungefähr fünf Meter über mir. Und sehe im Bann der über tausend winzig kleinen Staubpartikel, die in dem hereinfallenden Licht tanzen, auf die sich an der Wand bewegenden Schatten der Gräser, die sich am Höhlenrand im Wind wiegen.

Ein leises Winseln holt mich nach einer Weile aus meinen Gedanken, und als ich mich umdrehe, starre ich fassungslos in eine Nische, wo Chuck auf einer Art steinernem Bett sitzt. Und mich erwartungsvoll ansieht.

Neben ihm liegt eine Hose. Und ein Hemd. Und nachdem sich meine Augen an die Dunkelheit gewöhnt haben, erkenne ich, dass die Kleider an einem Skelett hängen. Bemerke erst jetzt den Tisch hinter dem Bett. Und bleibe wie angewurzelt stehen.

Auf einem der beiden Stühle sitzt, nicht weit von mir, eine Frauengestalt. Ihr Kopf ist auf die Brust gesunken. Die schwarzen Kleider sind viel zu groß für ihren ausgetrockneten Körper. Auf ihrem Schoß liegt ein offenes Buch, darauf die knochigen Reste ihrer Hände, wie zum Gebet gefaltet.

Es sieht aus, als ob sie eingeschlafen wäre. Kein Schmerz entstellt die noch erkennbaren Gesichtszüge. Und weil Chuck immer wieder an mir hochspringt und bellt, so wie junge Hunde es tun, wenn sie zum Spiel auffordern, verwandelt sich meine Angst in Neugierde.

Langsam steige ich über Reste von Kerzen, die zum Teil den Boden bedecken. Finde zahllose leere Wein- und Wasserflaschen. Und als ich hinter dem Bett stehe, entdecke ich einen kleinen Koffer. Daneben auf dem Boden ein Revolver und ein in Leder gebundenes Buch mit dem Titel »Der Reigen« von Arthur Schnitzler. Zwischen den Seiten liegt ein Brief, und im matten Licht lese ich die mit unruhiger Schrift geschriebenen Zeilen:

Liebste Eloïse,

Du hast verstanden? Du hast vergeben und vergessen? Welch Missverständnis! Du hast nur aufgehört zu lieben.

Dein Emile

Emile muss der tote Liebhaber von Eloïse Fleur sein. Hier haben die beiden also ihre Nachmittage verbracht. Und hier haben beide ihre Leben beendet.

Das Buch auf Eloïse Fleurs Schoß sieht aus wie ein Tagebuch. Ihre Feder ist zu Boden gefallen, als sie für immer eingeschlafen ist. Zerbrochen. Nach den letzten Worten, die sie in ihrer wunderschön geschwungenen Handschrift an Emile gerichtet hat.

Liebster Emile,

ich habe versucht zu verstehen. Habe versucht zu vergeben. Aber wie könnte ich vergessen? Welch Missverständnis. Denn ich habe nie aufgehört, dich zu lie.....

Hier endet ihre Schrift plötzlich, und ich setze mich mit zittrigen Knien auf den Stuhl zwischen Emile und Eloïse Fleur und erinnere mich an Missis Willabys Worte: »Nachdem Eloïse Fleur zu ihrem kranken Mann zurückgekehrt war, ist ihr Liebhaber für immer verschwunden...«

Emile hat sich aus Liebeskummer erschossen. Und als Eloïse Fleur ihn fand, blieb sie für immer bei ihm. Tally war vermutlich der Letzte, der sie noch lebend gesehen hat.

Als das Tageslicht plötzlich verschwindet und ein langer Schatten in die Höhle fällt, fängt Chuck an zu winseln. Läuft aufgeregt vor mir hin und her. Und als ich Wasser plätschern höre, rufe ich:

»Chuck! Wir müssen hier raus! Die Flut!« Und so schnell ich kann, gehe ich die steinernen Treppen nach unten. Chuck vorneweg. Und weil er viel schneller und geschickter ist, verliere ich ihn schon bald aus den Augen.

Der Boden der Höhle ist bereits knietief mit Wasser bedeckt, und die Sonne versinkt gerade im Meer, als ich mich gegen den Widerstand der Wellen aus der Höhle kämpfe. Der Strand ist vollständig überflutet und der Weg über die rutschigen Steine unmöglich. Immer mächtiger drückt mich das Wasser gegen die Felsen, und ich überwinde meine Todesangst vor dem dunklen Meer. Und allem, was mich fressen könnte. Und schwimme. So weit ich kann. Hinaus. Gegen die Strömung. Die immer mächtiger an mir zerrt. Und zieht. Und erreiche irgendwann im Dunkeln und mit letzter Kraft eine kleine Bucht, wo ich liegen bleibe und erschöpft einschlafe.

21

Als ich aufwache, dauert es eine ganze Weile, bis ich begreife, wo ich bin, und nachdem ich mein Fahrrad nicht unweit der Bucht, in der ich gestrandet bin, wiederfinde, fahre ich ins Hotel und denke an die vergangenen Stunden. Wochen. Und Monate. Und weiß mehr denn je, dass ich mir nur auf eine einzige Art und Weise das Leben nehmen werde: Mit all seinen Chancen. Und all seinen Möglichkeiten.

Im Hotel begegne ich keiner Menschenseele. Bleibe bis Mittag in meinem Bett. Und fahre kurz vor ein Uhr zu Maud und Tally. Um bei gebratenem Fisch und grünen Bohnen – nichts von Eloïse Fleur und Emile zu erzählen.

Stattdessen lausche ich den *Petites esquisses d'oiseaux.* Das sind sechs Klavierstücke von Oliver Messiaen. Einem Komponisten, von dem ich zuvor noch nie etwas gehört habe. Und bemühe mich, ein halbwegs ordentliches Gesicht zu machen, weil mich Zwölftonmusik weit über die Grenze des Erträglichen führt.

Tally hingegen liebt Messiaens Musik über alles, und er kann gar nicht genug kriegen, weil sie wie keine andere von Singvögeln inspiriert ist.

»Hört ihr das Rotkehlchen? Die Amsel? Die Singdrossel? Und die Lerche? Leider viel zu schnell für ein Orchester!«, sagt er und bewegt seinen Zeigefinger im Takt, als ob er auf jeden einzelnen Ton zeigen würde.

»Ich höre nur ein Klavier«, sage ich und überlege, ob ich nicht doch von meinem unheimlichen Höhlenfund erzählen soll.

»Das Besondere an dieser Musik ist, dass durch die Anordnung der Noten ein ganz klarer Zusammenhang zwischen Raum und Gesang besteht. Genau wie bei Vögeln, die ihr Territorium nur durch ihr Singen erobern. Wer am schönsten singt, ist unschlagbar!«

Tally trinkt auf die Schönheit, und Maud fragt, nachdem sie einen Schluck Rotwein genommen hat:

»Ob Vögel eine andere Illusion von Raum und Zeit haben als wir Menschen? Oder ob auch wir Menschen eine unterschiedliche Wahrnehmung von dem haben, was wir unsere Welt nennen? Ich habe gelesen, dass sich in meinem Gesichtsfeld nur ein Zehntel des Bildes wiederfindet, das sich in meinem Geist als Realität darstellt. Dieses Bild ist nichts als ein Gespenst, das erst durch meine nichtvisuellen Erfahrungen einen Körper bekommt.«

»Sag ich doch. Alles Gespenster ...«, unterbreche ich Maud und ziehe eine Fischgräte aus meinem Mund.

»Nicht ganz. Es stimmt zwar, dass du, ohne zu hören, zu riechen und zu tasten, nichts sehen kannst, weil jede Lutsch- und Tasterfahrung bereits während deiner Kindheit einen Pfad in deinem Gehirn hinterlassen hat. Ein pikturales Lexikon. In dem alles, was du kennengelernt hast, seinen Eintrag hat ...«

»Ein Katalog von Vorstellungen, die ich mir von meiner Welt mache?«

»Ja. Das Verrückte daran ist aber, dass diese Welt nicht unbedingt so aussieht, wie sie dir erscheint, weil du nicht die Dinge siehst, sondern die Idee, die du von ihnen hast. Wir leben in einer Illusion von Wirklichkeit, und erst unser Gehirn fügt dem zweidimensionalen Bild, das das einfallende Licht auf unsere Netzhaut zeichnet, die dritte Dimension hinzu.«

»Ich wüsste zu gerne, wie Vögel unsere Welt sehen!«, sagt Tally.

»Ich wüsste zu gerne, warum ich mir dann überhaupt Gedanken über meine Zukunft mache, wenn mein Leben sowieso nur aus Vergangenheit besteht?«, frage ich und beschließe, Maud doch in einem Brief von Eloïse und Emile zu erzählen. Um die Zukunft der beiden in ihre Hände zu legen. Für mich ist ihre Höhle das perfekte Grab. Und ich würde sie für immer dort lassen. Die Wahrheit würde doch nur Illusionen zerstören.

Nach dem Mittagessen machen Maud und Tally, begleitet von ihrem Vogelorchester, einen Spaziergang zur alten Windmühle. Hand in Hand. Über und um sie herum neunundzwanzig Vögel. Die immer wieder, wie durch Zauberhand, Tally folgen. Durch eine Geste. Einen spitzen Ruf. Einen schrillen Schrei.

Der Vogelschwarm ist von weitem zu sehen, so dass er mich aus der Ferne ins Hotel begleitet, wo ich bereits ungeduldig erwartet werde.

Henk hat schon die Koffer gepackt und ist ganz aufgeregt, weil er Luna wiedersehen wird. Seit sie versprochen hat, nach ihrem Engagement in Moskau seine Frau zu werden, um dann mit ihm auf einem Kreuzfahrtschiff der Luxusklasse zu arbeiten, hat Henk die Tage und die Nächte gezählt. In weniger als vierundzwanzig Stunden wird Luna auf dem Flughafen in Moskau auf ihn warten, und schon in der darauffolgenden Nacht werden die beiden an ihrem neuen Ventrilokontorsionisten-Programm arbeiten. Eine Weltpremiere! Eine Sensation!

Henk möchte Luna zur Hochzeit sein »Jungesellen-Video-Tagebuch« schenken, und es soll mit romantischen Bildern aus Sark enden. Und weil genau aus diesem Grund Honky Tonk so wenig wie möglich ins Bild soll, hat der schlechte Laune. Und erzählt Cerryth, der damit beschäftigt ist, die Post in die kleinen Fächer mit den verschnörkelten Zimmernummern zu legen, die Geschichte vom kostümierten Affen. Der immer geneckt wurde, weil er wie ein menschliches Wesen aussah. Bis er es eines Tages nicht mehr aushalten konnte. Und ganz nackt zurück in den Urwald gegangen ist. Um dort in Frieden glücklich zu werden.

Ich wünsche Honky Tonk eine gute Reise, worauf der gereizt antwortet:

»Ich habe wenigstens ein Ziel...«

»Ich auch.«

»Ach?«, fragt Honky Tonk überrascht. »Und das wäre?«

»Kein Ziel zu haben!«, sage ich bestens gelaunt. »Pass nur auf, dass dein letztes Ziel nicht ein verstaubter Koffer auf einem Dachboden ist...«

»Du würdest doch nicht... Würdest du?«, fragt Honky Tonk und sieht Henk fragend an.

»Ich würde... Wenn du dich weiterhin so benimmst«, sagt Henk.

»Ich hätte da jemanden, der großes Interesse an dir hat.

Christian würde dir gerne ein paar neue Augen verpassen.«

»Christian? Der Vogelpräparator? Was soll ich mit Hühneraugen?«, fragt Honky Tonk entsetzt.

»Er würde dir auch eine Perücke aus echten Haaren spendieren …«

»Echte Haare? Siehst du, Henk, ich habe es doch immer gewusst – du vernachlässigst mich!«

»Natürlich … Wer von uns beiden reist denn mit Übergepäck? Ich habe in meinem Leben noch nie so viele Anzüge besessen wie du. Und dein Smoking für meine Hochzeit war um einiges teurer als meiner.«

»Du kannst Christian ja meine Adresse geben. Wer weiß … So eine Kreuzfahrt kann ziemlich langweilig sein. Und für einen Dandy wie mich ist London sowieso der passendere Ort.«

»Manchester«, korrigiere ich und ziehe ein Fax aus meinem Postfach.

»Wer ist jetzt wieder Man Chester?«, fragt Honky Tonk irritiert.

»Christian lebt in Manchester«, sage ich und überlasse Honky Tonk seiner Illusion von einem besseren Leben, während ich lese, dass Christian mich vermisst. Und mich gerne in Berlin besuchen würde.

»Ach so. Gut. Dann eben Manchester«, sagt Honky Tonk mit einem kleinen Ton von Resignation in der Stimme und wird von Cerryth unterbrochen:

»Ein Mister Adrian Angst hat einen Rundbrief an alle Hotels auf Sark geschickt.« Cerryth wedelt mit einem Brief vor meiner Nase. Und liest in gebrochenem Deutsch:

Der neue Weltmeister im Luftgitarrespielen bittet Martha Knorr, ihn nach China zu begleiten.

»Kennst du einen Adrian Angst?«

»Gib mal her«, sage ich. Nehme Cerryth den Brief aus der Hand. Und finde die Idee, Angst in China zu treffen, gar nicht so übel.

Nachdem er an endlosen Wäldern, Steppen, an Kasan vorbei über das Uralgebirge nach Jekaterinburg gereist ist, weiter nach Omsk, um in Nowosibirsk den Ob zu überqueren und den Fluss Jenisej nach Kransnojarsk hinter sich zu lassen, um von dort weiter nach Irkutsk zum Baikalsee zu fahren. Und auf seiner Reise elfmal die Zeitzone überquert hat. Achttausendfünfhundert Kilometer mit der Eisenbahn. Habe ich immerhin auf zweitausend mal sechstausend Metern eine Reise zu mir gemacht.

»Wie war eigentlich dein Treffen mit Tom?«, fragt Henk, als wir etwas später die Allee entlangspazieren und er in die sich im Wind wiegenden Blätter über uns hineinfilmt.

»Ich werde die Scheidung mit einer Anwältin in Berlin besprechen. Bevor ich irgendetwas unterschreibe, soll sie sich mit dem Missverständnis meiner Ehe auseinandersetzen. Als mein Vater anfing, sich mit dem Lachen zu beschäftigen, hatte er ein freundliches, nachsichtiges und heiteres Lächeln. Mittlerweile behauptet er, Lachen wäre nichts anderes als die Fortentwicklung einer bei Primaten verbreiteten Drohgebärde. Nämlich des Zähnefletschens. Ich finde, Anwälte können herrlich Zähne fletschen.«

»Tom wird also das Lachen vergehen?«, fragt Henk.

»Ja. Spätestens wenn er in wenigen Minuten das Kuvert

mit dem nicht unterschriebenen Scheidungsvertrag öffnen wird.«

»Lass uns zum Strand gehen«, schlägt Henk vor, und als ich wenig später auf dem Weg zur Dixcart-Bay Chuck zwischen den Sträuchern entdecke und er ein Stück mit uns geht, bin ich erleichtert, dass auch er den Weg aus der Höhle geschafft hat.

»Siehst du da drüben? Den seltsamen Vogelschwarm in der Nähe der Windmühle?«, sagt Henk und bleibt stehen.

»Darunter würden wir Maud und Tally finden«, antworte ich und erzähle Henk von Tallys fliegendem Traum. Dem Aussichtsturm. Christian. Und von Eloïse Fleur und Emile. Ohne zu verraten, dass die beiden nicht unweit entfernt von uns in einer Höhle liegen.

In der Nähe der Dixcart-Bay setzen wir uns auf einer Anhöhe ins Gras. Schauen aufs Meer. Hören das Schreien der Möwen. Bewundern einmal mehr den Flug der Felsenbrüter. Und nachdem ich meine Jacke ausgezogen habe, um sie unter meinen Kopf zu legen, spüre ich in der Seitentasche Toms Badehose. Während Henk mit Honky Tonk diskutiert, ob ein Schatten Ausdruck von Lebendigkeit oder einfach nur störend ist, stehe ich auf. Gehe bis an den Rand der Felswand. Werfe die gelbe Badehose in einem weiten Bogen über die Klippen. Sehe, wie sie wenig später auf den Wellen schaukelt. Und beobachte, wie sie ganz plötzlich – und mit einem Ruck – verschwindet.

»Habt ihr das gesehen«, stammle ich, worauf Henk mit seiner Videokamera eine Hundertachtzig-Grad-Rolle um die eigene Achse macht und eine in der Nachmittagssonne glitzernde, spiegelglatte Wasseroberfläche filmt.

»Was?«, fragt Henk.

»Na, Toms Badehose… Sie ist ganz plötzlich verschwunden…«

»Wo?«

»Dort. Als ob sie von einem großen Fisch gefressen worden wäre.«

»Doch nicht von einem Hai?«, fragt Henk ungläubig.

»Ein Hai frisst doch nichts von einem Hai«, sagt Honky Tonk.

Und während Henk und Honky Tonk darüber diskutieren, ob es im Ärmelkanal überhaupt Haifische gibt, und die Wasseroberfläche nach einer dreieckigen Rückenflosse absuchen, klettere ich, begleitet von Felsenbrütern, in die kleine Bucht hinunter, um an einem wunderschönen Tag im August schwimmen zu gehen.

Zum Abschied noch ein kleiner Spruch
für Überlebende:

»Deine eigene Mutter, deine eigene Schwester,
deine eigenen Schweine, deine eigenen Yamas, die du
aufgestapelt hast, die darfst du nicht essen.
Die Mütter anderer Leute, die Schwestern
anderer Leute, die Schweine anderer Leute, die Yamas
anderer Leute, die sie aufgestapelt haben,
die darfst du essen.«

(Arapesh-Aphorismen – M. Mead, *Sex and Temperament*
in the Primitive Societies, NY 1935)

Ivana Jeissing
Unsichtbar

Roman

Ist es ein Kompliment, wenn man mit einem berühmten Gemälde verglichen wird? Für Jane Terry ist es der Höhepunkt in einer jahrelangen Kette von Irritationen, die dazu geführt haben, dass auch sie, ganz der Tradition der Frauen in ihrer Familie folgend, unsichtbar geworden ist: Sie folgt dem Schicksal ihrer Mutter, einer ehrgeizigen Schattentaucherin, und dem ihrer Großmutter, einer begnadeten Totstellperfektionistin, und führt, im Unterschied zu ihrer Cousine, die eine erfolgreiche Verhaltensbiologin, Liebesexpertin und anpassungsfähige Chamäleondame geworden ist, ein Leben, das nur deshalb funktioniert, weil sie tut, was man von ihr verlangt oder erwartet. Doch die Protagonistin findet auf dem Weg in die Sichtbarkeit überraschend Helfer, vor allem den alten Fred, Besitzer eines nostalgischen Kinos in einer Seitenstraße des Kudamms. Seine »Revoltiermanege« und ein Strudel denkwürdiger Ereignisse rücken Jane schließlich ins rechte Licht.

»Mit viel Humor beschreibt Ivana Jeissing den Weg ihrer Heldin in die Sichtbarkeit, lässt Jane von einer skurrilen Situation in die andere geraten und versteht es dabei, niemals banal oder platt zu werden. Ein Buch, das gleichzeitig klug und herzerfrischend komisch ist, schnell zu lesen und doch mit Tiefgang.«
Irene Binal / Österreichischer Rundfunk, Wien

»Gute Unterhaltungsromane sind gar nicht so häufig. Um so mehr sticht das Debüt *Unsichtbar* von Ivana Jeissing aus der Menge. Höchst amüsant.«
Claudia von Dehn / Hessische Allgemeine, Kassel

Joey Goebel im Diogenes Verlag

Vincent

Roman. Aus dem Amerikanischen von Hans M. Herzog und Matthias Jendis

Wussten Sie, dass große Popsongs und Filme von einem unglücklichen, aber genialen Künstler stammen? Und damit einem solchen die Ideen nicht ausgehen, sorgen in diesem Roman ›Beschützer‹ dafür, dass ihm ständig neues Leid widerfährt. Denn das ist der Rohstoff, aus dem wahre Kunst entsteht. Bringt das Genie das Kunststück fertig, trotzdem ein glücklicher Künstler zu werden?

Vincent – ein Chamäleon von einem Roman, der als Satire beginnt, sich in einen bizarren Alptraum verwandelt und am Ende zu Tränen rührt.

»Joey Goebel erweist sich als scharfsinniger Beobachter der gegenwärtigen Unterhaltungsindustrie, doch geht sein Buch über die Kulturkritik weit hinaus. Die Geschichte, geschrieben mit der entwaffnenden Hemmungslosigkeit der Jugend, ist mitreißend und bewegend.« *Angela Gatterburg / Der Spiegel, Hamburg*

»Ein furioses Debüt. Goebel zerlegt unsere Medienwirklichkeit mit ätzender Ironie in ihre unappetitlichsten Bestandteile.« *SonntagsZeitung, Zürich*

Freaks

Roman. Deutsch von Hans M. Herzog

In einer kleinen Stadt in Kentucky haben sich fünf Außenseiter gefunden: eine 80-Jährige, die in einem Sex-Pistols-T-Shirt und in Cowboystiefeln herumläuft; eine wunderschöne Frau im Rollstuhl; ein junger Iraker auf der Suche nach dem Amerikaner, den er im 1. Golfkrieg verwundet hat; ein frühreifes kleines Mädchen und ein extrem wortgewandter Afroameri-

kaner, der ständig auf Drogen zu sein scheint, tatsächlich aber völlig nüchtern durchs Leben geht.
Wo immer die fünf auftauchen, werden sie ausgelacht. Doch Musik ist ihre Leidenschaft, und zusammen gründen sie eine Band – THE FREAKS.

»Joey Goebel rockt das gleichgeschaltete Amerika. Gegen diese Art des Erzählens wirken die zeitgenössischen Stars des amerikanischen Realismus – von Philip Roth bis Jonathan Franzen –, aber auch die erprobten Postmodernisten – von Donald Barthelme bis zu Paul Auster – arg verschmockt. Momentan wird Joey Goebel nur durch sich selbst übertroffen.«
Evelyn Finger / Die Zeit, Hamburg

»Sie träumen, genau wie alle anderen, den amerikanischen Traum von Ruhm, Erfolg und Freiheit – und sind doch so unamerikanisch-subversiv, dass die braven Bürger Kentuckys sie am liebsten hinter Schloss und Riegel sähen. Joey Goebel ist ein rasanter, grotesker und tieftrauriger Roman gelungen.«
Christine Lötscher / Tages-Anzeiger, Zürich

Auch als Diogenes Hörbuch erschienen,
gelesen von Cosma Shiva Hagen, Jan Josef Liefers,
Charlotte Roche, Cordula Trantow
und Feridun Zaimoglu

Heartland

Roman. Deutsch von Hans M. Herzog

Es war einmal ein kleines Kaff in der amerikanischen Provinz... Bashford. Ob in Wirtschaft, Politik oder Gesellschaft, die Familie Mapother ist überall; und zwar ebenso ganz oben wie ganz unten.
Ganz oben sind der Patriarch Henry Mapother, elftreichster Amerikaner, CEO eines Zigarettenkonzerns, und sein ältester Sohn John, der sich nach diversen privaten Fehltritten um einen Sitz im Kongress bewirbt. Ganz unten und überall beliebt ist der zweite

Sohn, Blue Gene, CEO eines Flohmarktstandes, an dem er das Spielzeug aus seiner Kindheit verkauft. Blue Gene ist das schwarze Schaf der Familie, mit dem Henry und John nichts zu tun haben wollen. Eigentlich. Denn jetzt ist Wahlkampf, und die Mapothers müssen heile Familie spielen; außerdem haben sie keine Ahnung, wie sie die Wählerstimmen der einfachen Leute gewinnen sollen. Für beides brauchen sie Blue Gene, und der lässt sich als Wahlhelfer einspannen. Aber ganz so einfach sind die einfachen Leute nicht, angefangen bei dem arbeitslosen Sohn eines im Irakkrieg gefallenen Soldaten bis zu der rebellischen Punkrockerin, in die sich Blue Gene verliebt… Und nicht nur der Wahlkampf verläuft anders als erwartet, auch in der Familie wird das Unterste zuoberst gekehrt.

»Joey Goebel wird als literarische Entdeckung vom Schlag eines John Irving oder T. C. Boyle gefeiert.«
Stefan Maelk / Norddeutscher Rundfunk, Hamburg

Sibylle Mulot im Diogenes Verlag

»Willkommen! Eine deutsche Autorin, die über Scherz, Satire, Ironie und Selbstironie verfügt: Qualitäten, die nahezu angelsächsisch anmuten.«
Kyra Stromberg / Süddeutsche Zeitung, München

»Nicht selten hört man die Klage, daß die deutsche Gegenwartsliteratur besonders arm sei an gut geschriebenen und unterhaltsamen Büchern, die gedanklich gleichwohl nicht ›unter Niveau‹ gehen. Wenn dem so sein sollte, dann wäre dies ein Grund mehr, auf Sibylle Mulot aufmerksam zu machen.«
Helmuth Kiesel / Frankfurter Allgemeine Zeitung

»Die Autorin erzählt in einer Sprache, die glänzt und glitzert wie das Meer zur Hochsommerzeit.«
Nicole Hess / Tages-Anzeiger, Zürich

»Mulots Prosa wird von Buch zu Buch immer knapper, dichter und geschliffener.«
Martin Ebel / Neue Zürcher Zeitung

Liebeserklärungen
Roman

Das Horoskop
Erzählung

Die unschuldigen Jahre
Roman

Das ganze Glück
Eine Liebesgeschichte
Mit einem Hafis-Orakel im Anhang

Die Fabrikanten
Roman einer Familie

Die Unwiderstehlichen

Martina Borger & Maria Elisabeth Straub im Diogenes Verlag

»Mit ihrer eleganten Prosa und profunden Kenntnis der menschlichen Seele erinnern Borger & Straub an Patricia Highsmith.«
Angela Gatterburg / Spiegel Special, Hamburg

»Was zwei italienische Herren konnten, gelingt auch zwei deutschen Damen. Und wie! Borger & Straub wohnen an die tausend Kilometer voneinander entfernt und schreiben dennoch aus einem Guß.«
Ditta Rudle / Buchkultur, Wien

»Sie erweisen sich als meisterhafte Beobachter von Seelenzuständen. Ihr genauer Blick wird nicht geblendet von moralischer Entrüstung, deckt die Ambivalenz auf, die menschlichen Gefühlen oft innewohnt.«
Susanna Gilbert-Sättele / dpa, Hamburg

Katzenzungen
Roman

Kleine Schwester
Erzählung

Im Gehege
Roman

Sommer mit Emma
Roman

Anthony McCarten im Diogenes Verlag

Anthony McCarten, geboren 1961 in New Plymouth/Neuseeland, schrieb als 25-Jähriger mit Stephen Sinclair *Ladies Night,* einen Theaterhit um vier Loser ohne Job und Liebesleben, die eine Männerstrip-Gruppe gründen; die unautorisierte Adaption *The Full Monty* wurde eine der weltweit erfolgreichsten Filmkomödien der 1990er Jahre. Seither schrieb McCarten weitere Theaterstücke, Drehbücher, Gedichte, Kurzgeschichten und Romane. Er lebt in Los Angeles, Wellington und im englischen Gloucestershire.

»Anthony McCarten hat die unglaubliche Gabe, Geschichten so aufzuschreiben, dass es einem das Herz zerreißt, während man über sein Einfälle, Sprüche und seinen unbesiegbaren Humor lacht.«
Annemarie Stoltenberg / Hamburger Abendblatt

»Anthony McCarten ist unter den literarischen Exporten aus Neuseeland einer der aufregendsten.«
International Herald Tribune, London

Superhero
Roman. Aus dem Englischen
von Manfred Allié und
Gabriele Kempf-Allié
Auch als Diogenes Hörbuch erschienen,
gelesen von Rufus Beck

Englischer Harem
Roman. Deutsch von Manfred Allie
und Gabriele Kempf-Allié
Auch als Diogenes Hörbuch erschienen,
gelesen von Rufus Beck

Hand aufs Herz
Roman. Deutsch von Manfred Allié
Auch als Diogenes Hörbuch erschienen,
gelesen von Rufus Beck